c o l l e c t i o n

▼

Roman jeunesse

D0993122

Depuis le 1er avril 2004, les Éditions HRW affichent
une nouvelle raison sociale, soit Éditions Grand Duc ■ HRW.

Éditions Grand Duc ■ HRW
Groupe Éducalivres inc.
955, rue Bergar, Laval (Québec) H7L 4Z6
Téléphone : (514) 334-8466 ■ Télécopie : (514) 334-8387
InfoService : 1 800 567-3671

L'heure évasion

▼

Dans la même collection :

Le rapt de
l'oiseau de Saïk

▼

Carmen Marois

Le rapt de l'oiseau de Saïk
Marois, Carmen
Collection L'heure évasion

© 2005, **Éditions Grand Duc ▪ HRW,** une division du Groupe Éducalivres inc.
Tous droits réservés

Nous reconnaissons l'aide financière du gouvernement du Canada
par l'entremise du Programme d'aide au développement de l'industrie
de l'édition (PADIÉ) pour nos activités d'édition.

CONCEPTION GRAPHIQUE : Stéphanie Delisle
ILLUSTRATIONS : Pierre Rousseau et Serge Rousseau

CODE PRODUIT 3490
ISBN 2-7655-0010-X

Dépôt légal – 2e trimestre
Bibliothèque nationale du Québec, 2005
Bibliothèque nationale du Canada, 2005

Imprimé au Canada
1 2 3 4 5 6 7 8 9 0 G 4 3 2 1 0 9 8 7 6 5

Table des chapitres

▼

Prologue

Un lourd héritage

— Ne me laisse pas seule, murmure Myra à l'oreille de la vieille magicienne étendue sur le grabat tiré devant le maigre feu de cheminée. Je t'en supplie…

Les yeux fermés, le visage impassible, Xuda l'Ancienne paraît dormir. La respiration de l'enchanteresse est régulière, son corps frêle, parfaitement immobile. Elle ne semble pas entendre les suppliques de l'adolescente qui la veille depuis trois nuits déjà.

Myra se sent désemparée, esseulée, dans la masure perdue au cœur de la forêt de Tyr. La pauvre demeure craque de toutes parts sous l'assaut continu de la pluie diluvienne et des vents qui mugissent, depuis plus de trois jours, comme des bêtes affamées et inquiètes. Depuis que la vieille Xuda, la gardienne de l'oiseau de Saïk, est « partie en voyage », comme elle le fait tous les six ans, depuis plus de cent cinquante ans. Ce voyage effectué dans des contrées étranges, inconnues des mortels, marque le prélude aux festivités du Renouveau qui sonnent le début d'un nouveau cycle dans la vie des paisibles habitants de Terre-Basse.

Si Myra, son apprentie, se sent envahie par une indicible angoisse, c'est que, cette fois, contrairement à toutes les autres, l'enchanteresse semble avoir de la difficulté à revenir du monde magique où elle s'est rendue pour y accomplir les rites préliminaires des fêtes du Nouveau Cycle. Ces fêtes, perpétuées depuis l'aube des temps par les magiciennes du clan des Xu, sont un gage de liberté, de paix, d'espoir et d'abondance pour tous les habitants de Terre-Basse, un regroupement de hameaux paisibles et prospères nichés au cœur d'une vallée fertile, qu'entourent des coteaux boisés et abruptes. Les bois anciens qui les recouvrent fourmillent de vie. La flore et la faune, riches de nombreuses espèces, fournissent aux habitants des hameaux tout ce dont ils ont besoin. Quant au sous-sol, il recèle des trésors de métaux et de pierres précieuses qui font l'envie des contrées avoisinantes.

Pour assurer la pérennité de leur vie tranquille et florissante, les habitants de Terre-Basse ont confié aux magiciennes du clan des Xu la responsabilité des festivités du Renouveau précédant le début de chaque nouveau cycle de six années.

Sans se lever, Myra étire le bras et prend une nouvelle bûche qu'elle jette dans le feu pour l'attiser. L'adolescente regarde un moment les flammes qui, timidement, lèchent d'abord l'écorce rugueuse avant de s'attaquer goulûment au bois sec.

La jeune fille détache son regard du feu qui ronronne à présent dans l'âtre. Elle prend une main de la vieille Xuda dans les siennes, une main maigre, à la peau parcheminée, parcourue de grosses veines bleues. Myra se perd longuement dans l'observation minutieuse du relief des mains de la vieille femme qui l'a élevée comme sa fille. Émue, elle pose un baiser sur le dos de la main inerte, puis tient cette dernière serrée contre sa joue, sur laquelle ruissellent les larmes qu'elle ne peut contenir.

– Ne me laisse pas seule, Xuda, murmure-t-elle de nouveau.

Les magiciennes du clan des Xu vivent confinées dans la forêt enchantée de Tyr où, depuis des temps immémoriaux, est établie leur demeure. Leur pouvoir est immense, car elles ont appris à voyager entre le monde visible de Terre-Basse et les contrées nébuleuses de l'invisible qui constituent une menace constante pour la paix de la vallée. Ce pouvoir magique, transmis de maître à disciple depuis que le monde est monde, leur confère une aura de mystère qui trouble les esprits simples des habitants des hameaux. Ceux-ci se montrent craintifs et méfiants vis-à-vis des Xu, bien qu'ils accueillent l'arrivée cyclique de la magicienne comme une bénédiction, car, gardienne de l'esprit de l'oiseau, elle seule a le pouvoir de mener à bien les festivités du Renouveau qui entament un nouveau cycle d'abondance, de paix, d'espoir et de liberté.

Une seule magicienne détient les secrets de l'oiseau de Saïk. Lorsque, après plusieurs années de formation, elle entre officiellement en fonction, elle choisit parmi les gens des hameaux de Terre-Basse une apprentie appelée à la remplacer. Nul habitant n'a le pouvoir de s'opposer au choix de la magicienne. C'est un honneur suprême pour une famille que de voir une de ses filles cooptée par le clan des Xu pour succéder un jour à la magicienne en titre. C'est aussi un moment de tristesse infinie, car ce choix implique une séparation définitive. Jamais une magicienne des Xu ne revoit sa famille ou ses amis. Elle doit vivre à jamais en marge de la société qui lui a donné naissance. Dorénavant, gardienne de l'esprit de l'oiseau de Saïk, elle consacrera sa vie et son énergie à protéger, dans l'ombre, les habitants de la contrée dont elle est issue.

– Pourquoi es-tu triste ?

Myra sursaute en entendant la voix de la vieille Xu.

– Je croyais que tu ne reviendrais jamais, répond la jeune fille. Voilà trois jours que tu es partie et que, dehors, la tempête se déchaîne.

Un pâle sourire se dessine sur les lèvres de Xuda lorsqu'elle regarde sa protégée.

– Oui, cette année le voyage a été difficile.

– Tu es si pâle, souffle Myra.

– Je suis fatiguée, avoue l'enchanteresse. L'équilibre des forces est menacé. Je suis trop vieille à présent pour lutter seule contre les forces des ténèbres. Le pouvoir du Prince oublié, Ritter, seigneur d'Ambal, s'est accru. Il constitue une menace directe pour la survie des gens de la vallée.

Cet aveu semble avoir épuisé la magicienne. Elle ferme un moment les yeux et l'apprentie en profite pour regarder affectueusement les traits de son mentor : un visage ovale à la peau couleur de noisette, des yeux en amande qui, lorsqu'ils vous observent, prennent la couleur des saphirs et reflètent la lumière. Malgré l'âge considérable de l'enchanteresse, son visage est lisse et sa peau, douce comme celle d'une enfant.

— Repose-toi, lui conseille Myra. Veux-tu un bol de bouillon de racines ? J'en ai gardé au chaud pour ton retour.

— Nous n'avons plus le temps… Les heures sont à présent comptées. Écoute-moi bien.

Myra serre plus fort la main de son aînée et s'efforce de ne rien laisser paraître de sa peine. Dehors, le vent a cessé. Un silence inquiétant s'est abattu sur la hutte où sont réfugiées la magicienne et sa jeune apprentie.

— Cette année, dit Xuda, c'est toi qui conduiras la cérémonie du Renouveau. Les gens de Terre-Basse sont des êtres simples. Ils ont besoin de voir des choses tangibles. Pour croire à un nouveau cycle de paix et de prospérité, ils ont besoin qu'on leur présente l'oiseau de Saïk vivant. Nous, magiciennes, savons que c'est l'*esprit* de l'oiseau qu'il faut protéger. Qu'il ne s'agit au fond que d'un symbole. Mais ce concept est beaucoup trop difficile à comprendre pour les habitants de la vallée. Tu dois donc leur apporter l'oiseau.

Myra demeure interloquée. Elle est si surprise qu'elle se trouve incapable de protester. Troublée, la jeune fille bredouille quelques paroles incompréhensibles :

– Mais… Je… Voyons…

– Tu es jeune, Myra, mais tu es prête.

– Mais…

– Je le sais, car c'est moi qui t'ai formée. Je t'ai tout appris. Tu dois prendre la relève. Cette année, c'est toi qui descendras dans la vallée. Tu te rendras à La Marande, chef-lieu de Terre-Basse. Là, tu conduiras la procession et mèneras l'oiseau de Saïk au refuge des monts Hortan, comme c'est la coutume. Je te l'ai appris : cette cérémonie a pour unique but d'insuffler l'espoir aux gens que nous protégeons.

– Mais je ne peux pas ! s'écrie Myra. Sans toi, jamais je ne pourrai mener à bien cette mission.

– Tu dois le faire. L'heure de la relève a sonné. Je dois passer le flambeau. Cela fait maintenant cent cinquante ans que je remplis la tâche que m'a confiée mon aînée, la vieille Xumat. Le temps est venu pour toi de me remplacer. Tu es, dès à présent, la nouvelle enchanteresse du clan des Xu. Ton nom secret sera Xutan. Ne le révèle à personne d'autre qu'à celle que tu choisiras pour devenir un jour ton apprentie ainsi qu'aux initiés de la vallée que tu reconnaîtras le moment venu.

Myra pleure en silence. Elle savait que ce jour viendrait et, depuis toujours, elle le redoutait. Au travers du rideau que forment ses larmes, elle regarde la silhouette enveloppée dans un long manteau de feutre noir et allongée sur le lit de paille. Il semble à la jeune fille que cette forme s'amenuise à vue d'œil.

– Ne pleure pas, chère Myra. Je serai toujours avec toi.

Le passé reflue brusquement et l'adolescente se souvient des années passées en compagnie de Xuda. Abandonnée quelques jours après sa naissance à l'orée de la forêt enchantée de Tyr, elle avait été trouvée par la magicienne qui l'avait élevée comme sa propre fille.

– Je n'ai pas eu à te chercher, murmure Xuda comme si elle lisait à livre ouvert dans les pensées de sa protégée. C'est toi qui es venue à moi !

Pour Myra, ces quinze années passées à grandir et à étudier auprès de l'enchanteresse semblaient maintenant une simple poignée de secondes qui s'étaient écoulées à la vitesse de l'éclair. Il y avait tant à apprendre avant de succéder à son aînée ! Xuda lui avait montré à voyager entre les mondes. Elle lui avait enseigné que, sauf aux yeux des ignorants, la frontière est ténue entre le monde du visible et celui de l'invisible, entre le monde des ténèbres et celui de la lumière. Mais, tâche importante entre toutes, elle léguait à sa fille adoptive la tâche de garder en vie l'oiseau magique, symbole de paix, de liberté et d'espoir.

– Les forces de l'ombre, avec à leur tête le Prince oublié, menacent la paix de la vallée.

L'oiseau est en danger. Tu dois partir au plus vite.

Un immense désarroi envahit Myra et elle frissonne malgré le bon feu qui pétille dans la cheminée.

– Va chercher la statue de l'oiseau, ordonne Xuda, dont le corps éclairé par les flammes semble s'estomper au fur et à mesure que s'égrènent les minutes. Le temps presse. Il faut lui insuffler la vie.

Dehors, les premières lueurs de l'aube commencent à colorer le ciel que l'on devine à travers la ramure des arbres séculaires, qui forment un cercle magique autour de la clairière abritant la masure de l'enchanteresse. Consciente de l'urgence du moment, Myra se lève sans protester et se précipite à l'autre extrémité de l'unique pièce qui constitue l'habitation des magiciennes. Les mains tremblantes, elle soulève le lourd couvercle d'un coffre en bois sombre, sculpté d'étranges arabesques. Elle s'empare d'un objet volumineux enveloppé dans une grossière toile grise. Après avoir refermé soigneusement le couvercle du coffre, elle revient, le cœur triste, s'agenouiller près de Xuda.

– Sors-la, lui enjoint la magicienne dont le corps gracile semble fondre comme neige au soleil.

Myra déroule avec précaution la toile et retire de son enveloppe une étrange sculpture en fer : celle d'un oiseau fabuleux.

– L'oiseau de Saïk…, murmure la jeune fille soudain envahie d'un respect craintif.

– Je t'ai enseigné toutes les formules capables de réanimer la sculpture. Récite-les, maintenant. Les habitants de Terre-Basse doivent voir l'oiseau vivant. Tu te rendras ensuite au bourg de La Marande, où tu dirigeras les festivités du Renouveau. Elles auront lieu dans trois mois. Tu as juste le temps…

– J'ai peur, confie Myra. Les habitants nous regardent de manière si étrange…

– N'aie crainte. Lorsqu'ils verront l'oiseau de Saïk perché sur ton épaule, les habitants comprendront que, désormais, c'est toi la magicienne représentant le clan des Xu. Ils te suivront. N'oublie jamais que c'est nous qui assurons la paix et la prospérité de la vallée de Terre-Basse. Tu te souviens de Jonas ?

– L'aubergiste qui porte un bandeau sur l'œil droit ?

– Oui. Jonas Le Borgne, propriétaire de l'auberge du Sanglier bleu et bourgmestre de La Marande. Rends-toi chez lui en premier. Il te guidera.

– J'irai, promet Myra.

La jeune fille se sent quelque peu rassurée à l'idée de retrouver le refuge que constitue l'auberge du Sanglier bleu. Jonas, le patron, est un homme affable, toujours prêt à rendre service aux membres du clan des Xu.

– Maintenant, réveille l'oiseau de fer ! ordonne Xuda.

Sans hésiter, Myra pose la sculpture sur le manteau de la cheminée. Face à l'oiseau sculpté

9

dans un métal magique, du fer extrait des monts Hortan, elle se concentre pour réciter les formules ancestrales, transmises de génération en génération au sein du clan des Xu, et destinées à insuffler à la sculpture l'esprit bienfaisant de l'oiseau de Saïk.

Montant du centre de la terre, un grondement sourd se fait entendre. Le sol tremble sous les pieds de Myra qui, sans se laisser distraire, continue à réciter les formules magiques. Un coup de tonnerre ébranle la masure et, en même temps, un éclair zèbre la cheminée de pierre devant laquelle se tient Myra.

À cet instant précis, la sculpture de fer à la forme d'oiseau prend vie. S'ébroue alors un oiseau multicolore, à la longue queue couleur de feu. L'animal ne semble pas constitué de chair, mais de lumière scintillante. Déployant ses ailes d'une envergure de trois mètres cinquante, il laisse échapper un cri strident qui rappelle celui des grands aigles.

Myra a vu ce phénomène se produire une seule fois, six ans plus tôt. Elle n'avait alors que neuf ans, mais le souvenir en est resté intact dans sa mémoire, aussi vivace qu'au premier jour. Jamais elle n'aurait imaginé, alors, que le jour viendrait si vite où, à son tour, elle détiendrait le pouvoir de ramener l'oiseau de fer, l'oiseau d'espoir, à la vie.

– Myra, tu es maintenant l'unique gardienne de l'oiseau, confirme l'Ancienne.

Surprise, l'adolescente se retourne. Le long manteau de feutre – qui est en fait une cape – est

10

vide. Seule la voix de Xuda signale encore la présence de la magicienne à ses côtés.

– Je te confie l'oiseau de Saïk, précise celle-ci. L'oiseau de fer représente l'espoir. Il ne doit jamais mourir. Veille sur lui comme je l'ai fait durant les cent cinquante dernières années. Je sens une présence trouble. Celle du mal. Le Prince oublié, Ritter, seigneur d'Ambal, a repris des forces. Il se rapproche de plus en plus. Jamais il ne doit réussir à mettre la main sur l'oiseau. Tu comprends ?

Myra acquiesce tout en ravalant ses larmes.

– Si le Prince oublié s'emparait de l'oiseau de fer, c'en serait terminé de la paix et de la prospérité des habitants des hameaux de Terre-Basse. Une grande noirceur envelopperait le cœur des habitants de la vallée et de grands malheurs s'abattraient sur eux. Tu dois à tout prix empêcher cette éventualité de survenir.

– Je te le promets, Xuda. Je conduirai l'oiseau au refuge des monts Hortan. Ainsi, les habitants sauront que leur gage de tranquillité et de prospérité est en sécurité. Forts de cette assurance, ils pourront travailler et dormir en paix.

– Prends garde, mon enfant. Le chemin sera long et difficile. Mais souviens-toi : la vieille Xuda sera toujours près de toi, quoi qu'il arrive. N'oublie pas de prendre avec toi mon manteau. Il sera désormais ton seul refuge contre les forces maléfiques qui tenteront de t'empêcher d'accomplir ta mission.

– Je tâcherai d'être digne de ta confiance, répond Myra.

La jeune magicienne frissonne. Sans la présence de son aînée, la masure semble bien vide et bien triste. Un cri de l'oiseau la rappelle aussitôt à ses devoirs. Elle prend le manteau de feutre noir à capuchon qu'a déserté Xuda et l'enfile. Elle tend son poignet droit protégé par un bracelet de cuir en direction de l'oiseau. L'animal répond à l'appel et vient aussitôt s'y percher. Émue, l'adolescente lui caresse la tête. Les plumes bleues, mouchetées d'or, sont douces sous les doigts glacés de l'adolescente.

– Viens, lui dit-elle après avoir placé l'oiseau sur son épaule. Une longue route nous attend.

Sans un regard derrière elle, la jeune fille quitte la masure et l'abri de la forêt enchantée pour se rendre dans la vallée de Terre-Basse. Parvenue aux limites du domaine des Xu, elle sent les battements de son cœur s'accélérer. Elle respire profondément afin de chasser l'angoisse qui l'étreint et entame la descente vers la vallée.

La présence de l'oiseau magique, qui s'agrippe à son épaule avec ses serres puissantes, la réconforte. C'est donc d'un pas sûr que la jeune magicienne suit le sentier caillouteux qui surplombe le ravin au fond duquel se trouve l'entrée de la région de Terre-Basse.

Chapitre 1

L'auberge du Sanglier bleu

Trois mois plus tard…

Drapée de la lourde cape magique des Xu, Myra fait son entrée dans le gros bourg de La Marande, dont les portes, en temps de paix, demeurent ouvertes et non gardées. Au moment où elle franchit la porte sud, la cloche du clocheton de la tour sonne les douze coups de minuit. La jeune fille frissonne. Le vent est glacial et la neige qui s'est mise à tomber à gros flocons s'infiltre sous le large capuchon de la cape, qu'elle a rabattu. L'oiseau de Saïk, insensible aux éléments, se tient toujours perché sur son épaule où il semble s'être endormi.

Myra suit la ruelle qui relie la porte sud à la place du Marché. « C'est bizarre, songe-t-elle, on dirait que je parcours les rues de ce village tous les jours. Je m'y sens aussi à l'aise que si j'habitais ici ! »

Elle sait que le manteau magique qui la couvre guide ses pas aussi sûrement que si la vieille Xuda la tenait par la main. La Marande est une cité aussi ancienne que le monde connu. Située en bordure du fleuve Dorin qui se jette, non loin, dans la mer d'Auteuil, elle abrite une foule de marchands et de commerçants qui en temps de paix font de la ville une agglomération des plus florissantes. Pas étonnant, alors, que le cœur de la ville soit constitué par la place du Marché, un espace rectangulaire bordé d'échoppes serrées les unes contre les autres comme des sardines dans une boîte. C'est aussi sur cette place qu'a été édifié l'hôtel de ville. L'auberge du Sanglier bleu, dont le propriétaire est aussi le bourgmestre de la localité, est commodément accotée au mur est de l'édifice municipal, à l'ombre duquel elle semble avoir trouvé refuge.

À cette heure tardive, les rues de la ville, éclairées par des torches allumées à intervalles réguliers par les veilleurs de nuit, sont pratiquement désertes. Myra avance un long moment sans rencontrer âme qui vive. Les avenues qui parcourent la ville, construite en cercles concentriques et dont le point central est la place du Marché, sont toutes pavées de petits cailloux polis qui forment d'étranges motifs. La ville est aussi sillonnée d'étroits canaux qui, tels de petits ruisseaux, longent les rues, les ruelles et les venelles qui forment, en s'entrecroisant, une curieuse mosaïque et un véritable labyrinthe.

Myra remarque que la neige commence à s'accumuler sur les pavés, se mêlant à la quantité innombrable de confettis multicolores laissés par un cortège de fêtards. Les festivités du Renouveau durent un mois entier, pendant lequel les habitants festoient dans les rues tout le jour, dansant et chantant au son des trompettes, des crécelles, des tambours et aussi des gros grelots qui ornent leurs vêtements et qu'ils s'amusent à faire sonner dans un joyeux tintamarre. Le but avoué de ce grand tapage est de chasser les mauvais esprits qui hantent la vallée. Seules les magiciennes des Xu savent que ces pratiques, bien que réjouissantes, sont parfaitement inutiles. Il n'y a qu'elles qui puissent chasser les forces de l'ombre, une spécialité qu'elles se transmettent de génération en génération et qui remonte à la nuit des temps.

Avançant d'un pas rapide dans la neige mêlée de confettis aux multiples couleurs, Myra parvient à un croisement où elle s'arrête, alertée par un froissement suspect. Débouchant d'une venelle sombre située sur sa gauche, une figure inquiétante surgit soudain et se dresse devant elle. La forme silencieuse, de trois mètres de haut, est enveloppée d'une encombrante houppelande recouverte de bouchons de liège et de pommes de pin. Elle est coiffée d'un gigantesque tonneau qui, posé sur un support en bois, constitue un impressionnant couvre-chef. Cette étrange apparition cache son identité véritable derrière un grand masque en bois peint de couleurs vives, figurant le gros visage rond d'un poupon hilare, rose et joufflu.

— Vous m'avez fait peur, dit Myra, qui a tout de suite reconnu le costume de mascarade de la guilde des taverniers et des aubergistes.

Agrippé à son épaule, l'oiseau de Saïk n'a pas bronché, signe que la surprenante apparition ne constitue en aucun cas une menace pour lui ou la jeune magicienne.

– Si je vous ai fait peur, vous m'en voyez désolé. C'est Jonas qui m'envoie à votre rencontre. Je vous ai cherchée longtemps.

– J'arrive tout juste, explique la jeune fille. Je suis heureuse de vous trouver. Je suis fatiguée à la suite de mon long voyage et j'ai hâte d'entrer au chaud.

Sans perdre un instant, l'étrange personnage fait demi-tour et invite la jeune fille à le suivre.

– Accompagnez-moi, dit-il simplement. Nous prendrons un raccourci jusqu'au Sanglier bleu.

Tout en marchant, Myra songe à Xuda qui, très tôt, lui a appris l'existence des guildes de marchands. Chaque corporation, que ce soit celle des confiseurs, des bouchers, des boulangers ou des forgerons, possède un costume particulier que seuls les membres en règle de la guilde peuvent porter durant les festivités du Renouveau. Ces guildes, véritables maîtres de La Marande et, donc, de toute la vallée, sont responsables des cérémonies qui précèdent le jour du Renouveau et des défilés organisés chaque jour dans la ville au cours du mois. Les guildes sont aussi chargées de faire respecter la loi et de veiller à la sécurité de la ville. Sous leur protection, Myra se sait en sûreté.

Guidée par l'apparition, c'est donc sans encombre qu'elle parvient enfin à l'auberge du Sanglier bleu où l'attend Jonas.

– Je vous laisse ici, déclare son guide. Pour entrer dans ce lieu, je dois d'abord me départir de cet encombrant déguisement ! Les plafonds de la taverne sont trop bas pour accueillir mon chapeau, ajoute-t-il en montrant du doigt le tonneau qu'il porte sur la tête.

– Je comprends, fait Myra. Vous devez avoir hâte de rentrer chez vous et de retirer ce costume qui me paraît affreusement lourd.

– Si vous saviez combien il me pèse ! s'exclame l'inconnu. Je l'ai sur le dos depuis ce matin. Bien le bonsoir !

– Bien le bonsoir ! répond Myra en adoptant le ton joyeux de son interlocuteur.

Soulagée d'être parvenue à bon port, elle pousse la porte de l'établissement tenu par Jonas Le Borgne. Dès qu'elle pénètre dans la grande salle, elle est accueillie par un tonnerre d'applaudissements et de rires. Myra comprend tout de suite que ceux-ci ne lui sont pas destinés, car la foule des fêtards est tournée vers la scène qui occupe tout le mur du fond et où un amuseur fait des pieds et des mains pour divertir le public en se moquant des dignitaires du bourg, parmi lesquels figure en première place le bourgmestre, Jonas lui-même. Trônant derrière son comptoir où s'alignent d'énormes tonneaux de bois, il rit à gorge déployée des moqueries de l'artiste qui l'imite, au grand plaisir des spectateurs.

Le bourgmestre joufflu, avec son visage rubicond, sa bedaine proéminente et ses larges favoris frisés qui s'attachent à sa moustache d'un noir d'encre aussi fournie qu'une brosse à tapis, constitue un des personnages les plus spectaculaires de La Marande. C'est pourquoi il représente une source d'inspiration intarissable pour les artistes dont le travail est d'amuser et de distraire les foules en accentuant les travers ou les caractéristiques physiques des dirigeants locaux.

La période du carnaval, qui précède la cérémonie de la fête du Renouveau, est la seule où tout est permis. Aussi les artistes ne se gênent-ils pas pour critiquer les bourgeois de la ville ou se moquer d'eux ouvertement.

Myra se fraie tant bien que mal un passage entre les tables et les spectateurs agglutinés debout au fond de la salle. Dès qu'ils jettent un coup d'œil à celle qui vient ainsi troubler leur concentration, les fêtards s'écartent respectueusement pour laisser le passage à la jeune magicienne qui porte sur son épaule l'oiseau de Saïk.

La chaleur qui règne dans l'auberge est étouffante, mais après plusieurs heures passées à marcher dans le froid et la nuit, celle-ci paraît simplement bienfaisante à la voyageuse, qui atteint enfin le comptoir derrière lequel se tient l'aubergiste. Dès qu'il l'aperçoit, Jonas reprend son sérieux et demande :

– Tu as fait bon voyage, petite ?

– Oui. Je te remercie d'avoir envoyé l'éclaireur à ma recherche. Il m'a fait gagner un temps précieux en empruntant un raccourci pour parvenir jusqu'à toi.

– Suis-moi, l'invite le tavernier. Touchette, ma femme, s'occupera de nos hôtes.

Après avoir allumé une bougie et quitté son comptoir, Jonas entraîne la jeune magicienne dans un coin que semble bouder la foule bruyante qui anime l'auberge. Il choisit une des clés du lourd trousseau qui pend à la large ceinture soutenant sa grosse bedaine et ouvre une petite porte. La pièce, exiguë et sans fenêtre, est simplement meublée d'une table et de quatre chaises à dos droit.

– Ici, nous serons tranquilles pour discuter, annonce-t-il.

Il se débarrasse du bougeoir, le déposant au centre de la table, avant de poursuivre :

– Je te conduirai ensuite dans la chambre secrète où tu pourras te reposer. Demain, nous avons beaucoup de pain sur la planche.

– Merci, Jonas. Je savais que je pouvais compter sur ton aide.

– Tu dois mourir de faim, dit l'aubergiste. Débarrasse-toi de ton manteau et mets-toi à l'aise. Je vais te chercher quelque chose à manger et une bonne tisane qui te réchauffera.

Après avoir posé l'oiseau sur le dossier d'une chaise, Myra se défait de sa lourde cape et s'assoit face à l'animal. Celui-ci l'observe un moment de ses yeux mobiles et curieux avant d'entreprendre le nettoyage minutieux de chacune de ses plumes qui, dans la pénombre de la pièce, semblent briller d'une lumière particulière.

Jonas revient bientôt, chargé d'un plateau débordant de nourriture fumante, de fruits frais et de fromages odorants qu'il installe devant la voyageuse harassée. Il a aussi apporté une autre bougie, qu'il place à quelques centimètres de la première. L'odeur de la volaille grillée frappe les narines de la jeune fille affamée et la fait aussitôt saliver. Sans perdre un instant, elle s'attaque avec voracité à son repas.

– Je ne me rendais pas compte à quel point je crevais de faim, dit-elle, comme pour s'excuser, après avoir nettoyé le plat de toute la viande, des légumes et de la sauce qu'il contenait.

– Je le dis toujours : il faut se nourrir ! tonne l'aubergiste en tapotant son ventre rebondi.

À présent repue, Myra se sent gagnée par le sommeil qui alourdit ses paupières.

– Tu tombes de sommeil, remarque l'aubergiste. Viens, je vais te conduire à ta chambre.

– Je veux bien, consent la jeune magicienne en s'arrachant péniblement de sa chaise, pourtant très inconfortable.

L'enchanteresse prend son manteau, qu'elle pose simplement sur son bras. Répondant à l'invite silencieuse, l'oiseau vient aussitôt se percher de nouveau sur son épaule. Jonas s'approche du mur de droite et, d'une simple poussée de la main, le fait pivoter. Le mécanisme est bien huilé et le panneau de bois s'ouvre sans bruit, révélant un étroit passage secret.

– Prends une des bougies, Jonas conseille-t-il à son hôte. Je me servirai de l'autre pour revenir à l'auberge, car le passage secret n'est pas éclairé.

Obéissant à son guide, Myra s'empare d'une des bougies et, à la suite de Jonas, s'introduit dans l'étroit couloir.

– Comme tu le sais, l'auberge et l'hôtel de ville sont mitoyens. Ce corridor a été construit pour permettre au bourgmestre et aux échevins d'accéder en tout temps, et en secret, au cœur de l'édifice le plus important de la ville. L'hôtel de ville est l'âme de notre cité, car c'est là que sont enfermés tous nos secrets. Nous y avons aménagé une chambre dont l'existence est inconnue du public. Elle sert à héberger nos hôtes de passage les plus importants, ceux qui sont chargés de missions secrètes ou dangereuses. Tu passeras donc la nuit en toute sécurité.

Les murs et le plafond du passage sont recouverts d'un bois sombre et bien astiqué qui luit à la lueur des bougies. Le couloir semble bien aéré, car on ne perçoit aucune odeur, hormis celle de la cire d'abeille. Le sol en terre battue est lisse et parfaitement entretenu. C'est donc rapidement que les deux complices atteignent l'autre extrémité. Encore une fois, Jonas choisit une clé du trousseau qu'il traîne partout avec lui et ouvre une autre porte.

Les deux amis pénètrent dans une vaste salle brillamment éclairée par de grands candélabres. La pièce, haute de plafond et aux murs lambrissés de bois foncé, est confortablement meublée d'un grand lit à baldaquin et de deux profonds fauteuils placés devant une large cheminée où crépite un feu vigoureux. Les tapis qui garnissent le sol sont épais et moelleux.

– Cette pièce est toujours aussi magnifique ! s'exclame Myra, dont les souvenirs de précédents voyages viennent d'être ranimés.

Comme s'il retrouvait lui aussi avec plaisir ces lieux familiers, l'oiseau de Saïk quitte aussitôt le refuge de l'épaule de Myra. Après avoir voleté un moment autour de la grande salle, il va se poser sur le manteau de la cheminée, dominant la pièce de toute sa splendeur.

– Tu y seras bien, dit Jonas. Je reviendrai te chercher plus tard. C'est vers midi que débute la procession du grand tintamarre. Je te laisse, à présent.

– Merci, cher Jonas. Et fais mes amitiés à Touchette.

– Je n'y manquerai pas, l'assure l'aubergiste. Maintenant, repose-toi.

Myra raccompagne l'hôte du Sanglier bleu jusqu'à la porte du passage secret, dans lequel il disparaît, comme avalé par les murs creux de l'hôtel de ville. Après avoir verrouillé la porte grâce à la clé laissée par Jonas, la jeune fille se dirige aussitôt vers le grand lit qui lui semble irrésistiblement invitant. Après avoir retiré les longues bottes de cuir salies par la neige et la boue des chemins de montagne, elle s'étend sur le lit. Elle n'a pas la force d'enlever sa longue tunique ni son pantalon de peau. Enfoncée dans le moelleux lit de plumes, elle s'endort aussitôt, sombrant dans un sommeil agité de mauvais rêves.

Elle se retrouve au cœur d'un carnaval cauchemardesque. Le défilé auquel elle participe n'a rien de joyeux. La malheureuse se voit entraînée par une foule de personnages hideux qui crient à tue-tête et hurlent des menaces à son endroit.

– Tu ne réussiras jamais !

– Nous ferons tout pour t'en empêcher !

– L'oiseau mourra ! L'oiseau mourra !

Myra n'a nulle part où se réfugier. Partout où se pose son regard, elle ne voit que des ennemis qui ont juré sa perte et qui sont prêts à tout pour précipiter sa ruine. Ces figures plus grandes que nature forment une haie infranchissable autour de la pauvre rêveuse qui ne peut s'échapper. La musique cacophonique qui accompagne ce terrifiant défilé ne fait qu'ajouter à l'angoisse de la jeune fille. Elle voudrait les faire taire, tous, et poursuivre paisiblement sa route. Mais cela lui est refusé. Encerclée par la foule monstrueuse qui la retient prisonnière, Myra, qui a perdu l'oiseau de Saïk, doit parcourir une route sinueuse, semée d'embûches, pour atteindre le sommet d'un mont déchiqueté qui se découpe, sinistre, sur un ciel noir et feu que les astres, lumières de la nuit, ont déserté.

Lorsque enfin, au matin, la jeune enchanteresse se réveille, elle est couverte de sueur et elle tremble de la tête aux pieds.

« Ce rêve est-il prémonitoire ? » se demande-t-elle avec angoisse.

Chapitre 2

Le grand tintamarre

Lorsque, à midi sonnant, le défilé de la fête du Renouveau s'ébranla devant l'hôtel de ville de La Marande, la neige avait cessé de tomber, ne laissant, de son passage, que quelques traces discrètes entre les pavés et au pied des immeubles. Le ciel gris, lourd et bas, ne laissait présager aucune amélioration du temps. Un petit vent aigre soufflait le froid sur le public venu en grand nombre assister au spectacle toujours grandiose.

Accompagnée de Jonas qui, pour la circonstance, avait enfilé une livrée verte festonnée d'or, Myra menait le cortège. L'oiseau de Saïk perché bien en vue sur son épaule, elle avançait d'un pas solennel à côté de son ami le bourgmestre de La Marande, qui avait ceint le ruban vert et jaune de sa charge. Jonas portait fièrement, suspendues à son cou au moyen d'une lourde chaîne en or massif, les quatre clés en or qui ouvraient les portes de la ville, celle de l'est qui ouvrait en direction des monts Hortan, celle de l'ouest qui donnait accès aux plaines fertiles de la vallée, celle du nord par laquelle on accédait au fleuve et à la mer et, enfin, celle du sud par laquelle les habitants se rendaient dans les tourbières et les collines avoisinantes.

Le défilé s'étirait le long des principales artères de la ville en direction du port. Sur son passage, la foule qui s'était massée pour profiter du spectacle imposant qui n'avait lieu qu'une fois tous les six ans manifestait bruyamment à l'aide de grelots gigantesques, certains pesant plusieurs kilos, de crécelles et de cloches. Ce défilé était d'ailleurs la seule occasion où toutes les échoppes demeuraient fermées et où tous les habitants sans exception s'accordaient une journée complète de congé.

Tout juste derrière la magicienne et le premier magistrat de la ville se dressait une haie d'oriflammes. Porte-drapeaux, trompettes et tambours arboraient tous les couleurs du chef-lieu, le vert et le jaune. Dans leur sillage, par ordre d'importance, paradaient ensuite en costume de mascarade les membres des guildes avec, à leur tête, l'échevin qui les représentait au conseil de ville.

Venaient d'abord les taverniers et les aubergistes portant fièrement leur masque de poupon hilare, la houppelande de bouchons de liège et de pommes de pin ainsi qu'un tonneau en guise de couvre-chef. Suivait la guilde des bouchers qui, depuis la nuit des temps, avait adopté un costume noir, couvert de poils hirsutes, et un masque figurant un sanglier en colère. Venaient ensuite les représentants de la guilde des tailleurs et des drapiers qui avaient choisi une espèce de polichinelle comme figure emblématique de leur corporation. Le masque des membres de cette guilde était celui d'un vieillard au nez crochu orné d'une grosse verrue poilue. On lui avait dessiné un sourire sarcastique et des joues flasques qui cascadaient comiquement jusqu'aux épaules en une multitude de plis sans élégance. Ce polichinelle, perché sur des échasses, était vêtu de somptueuses étoffes piquées de fils d'or qui, même en l'absence de soleil comme en ce jour, faisaient miroiter la lumière.

À la suite de ces groupes, la guilde des tanneurs, celles des confiseurs, des boulangers, des forgerons, ainsi que toutes les autres grossissaient le cortège qui s'étirait à perte de vue dans les méandres des rues de l'ancienne cité. Des gardes armés de lances et de hallebardes encadraient le défilé pour en garantir l'ordre et en assurer le bon déroulement.

Le bruit était assourdissant.

– Tu comprends pourquoi les habitants ont surnommé ce défilé le *grand tintamarre,* explique Jonas.

Il doit crier à l'oreille de Myra pour qu'elle l'entende. La jeune fille hoche simplement la tête et prête attention à la foule qui acclame bruyamment le passage du cortège. Tous ces cris et toutes ces acclamations représentent un poids supplémentaire lui rappelant chaque seconde qu'elle ne peut échouer dans sa mission.

« Ces gens ont tant d'attentes, songe-t-elle. Oh! Xuda! Pourquoi n'es-tu pas là, avec moi? »

Le visage de la vieille magicienne surgit aussitôt dans son esprit, aussi clair que s'il était réel. L'Ancienne lui sourit simplement et ce sourire, tendre et chaleureux, réchauffe aussitôt le cœur de la jeune enchanteresse.

« Je ne peux échouer », se répète-t-elle.

Sur son épaule, l'oiseau, comme s'il sentait le désarroi de la jeune fille, étire ses ailes d'or et de feu, et laisse échapper un cri d'orfraie. La foule, y voyant un signe favorable, applaudit aussitôt.

Myra frissonne. Elle voudrait prendre l'oiseau et le serrer dans ses bras. Il lui semble que ce geste lui apporterait le plus grand réconfort. Mais elle doit continuer à marcher dignement aux côtés de Jonas qui, la bedaine en avant, le bâton à la main, se pavane sourire aux lèvres en saluant de droite et de gauche ses administrés. La fierté suinte par chaque pore de sa peau.

L'enchanteresse aimerait avoir la prestance et aussi ressentir la belle confiance que manifeste le premier magistrat de la ville.

« Est-ce que ça vient avec l'âge ? se demande-t-elle. J'ai tellement peur d'échouer, de ne pas parvenir à remplir la mission que Xuda m'a confiée. Je ne voudrais pas la décevoir, ni décevoir tous ces gens qui me regardent et m'acclament. »

La jeune magicienne ne peut s'empêcher de songer aux conséquences catastrophiques d'un éventuel échec : « Les magiciennes du clan des Xu sont formées pour veiller à l'équilibre des forces. C'est notre seule raison de vivre, notre seule raison d'être. » Jusqu'à maintenant et depuis que le monde est monde, aucune d'entre elles n'a failli à sa tâche, à son devoir.

« Si je ne réussis pas, envisage avec effroi Myra, je serai la première à n'avoir pu remplir la délicate mission de conduire l'oiseau de Saïk au refuge des monts Hortan. Qu'adviendra-t-il alors de moi ? »

Cette seule idée d'un échec possible la fait frissonner, et ce, malgré la chaleur dont l'enveloppe son épais manteau de feutre noir.

« Si j'échoue, pense Myra avec tristesse, la famine, la guerre, la maladie et tous les fléaux connus s'abattront sur Terre-Basse. Les habitants souffriront et beaucoup mourront par ma faute. Je serai bannie du clan des Xu. Je deviendrai un paria, un être sans feu ni lieu, rejeté de tous. Je n'aurai nulle part où aller. Même Jonas me refusera son aide. Je ne pourrai plus compter sur personne. Il me sera plus facile de mourir que de vivre en marge de toute société. »

Les magiciennes du clan des Xu vivent dans la solitude de la forêt enchantée de Tyr, mais elles jouent malgré tout un rôle primordial dans la vie des habitants de Terre-Basse. La perspective d'échouer et de se voir par conséquent rejetée par tous est insupportable à la jeune enchanteresse.

Même s'il se pavane comme un coq au milieu d'une populeuse basse-cour, Jonas demeure attentif à tout ce qui l'entoure. Il remarque le trouble de la jeune magicienne qui, à ses côtés, broie de sombres pensées.

– Ne t'en fais pas, crie-t-il à Myra. Je suis là !

Le bon visage de l'affable aubergiste s'avère un puissant réconfort pour l'adolescente qui esquisse aussitôt un pâle sourire à l'endroit de son ami et protecteur.

Myra n'a pas le temps de continuer d'alimenter son pessimisme, car déjà la procession débouche sur les quais du port de La Marande. Dès que la tête de la procession atteint le fleuve, l'oiseau de Saïk pousse un cri rauque tandis que les trompettes et les tambours se taisent, et que, peu à peu, le silence gagne le cortège, puis la foule qui l'a suivi.

L'oiseau mythique semble inquiet. Il enfonce ses serres acérées dans l'épais tissu de la cape, lequel, heureusement, protège efficacement les épaules de la jeune fille. Celle-ci tend le bras et l'oiseau vient se poser sur son poignet de cuir.

– Que se passe-t-il ? lui murmure-t-elle.

Pour le calmer, elle lui gratte doucement la tête. Ce geste amical réussit à rassurer un peu l'animal, qui se calme. Il demeure cependant nerveux et comme en alerte.

Un épais brouillard a commencé à se former à quelques centimètres au-dessus des eaux du fleuve Dorin. Il s'élève lentement et s'accroche aux flancs des navires marchands accostés le long des quais. Jonas observe un instant le phénomène en frottant son menton glabre et glisse à l'oreille de sa compagne :

– Il ne faut pas nous attarder ici. À la vitesse où le brouillard envahit les berges, dans une demi-heure nous n'y verrons goutte.

Après avoir louvoyé entre les ballots, les caisses et les tonneaux qui attendent d'être chargés sur les navires ou transportés dans les entrepôts, la procession atteint la rive du fleuve où est amarrée une frêle embarcation. Celle-ci, décorée de rubans verts et de fleurs jaunes, ressemble à une gondole. Comme dans le cas de la barque vénitienne, un long aviron installé à la poupe permet de la manœuvrer.

Myra sait que c'est dans cette embarcation qu'elle doit partir avec l'oiseau de Saïk en direction des monts Hortan qui dressent leurs crêtes déchiquetées par-delà la mer d'Auteuil. Elle descendra le fleuve au cours lent jusqu'au delta situé à quelque dix-huit kilomètres en amont.

Le delta du Dorin est une vaste région marécageuse et mouvante que craignent les habitants de Terre-Basse, qui ont appris à leurs dépens à s'en méfier. Ils évitent comme la peste cette région hantée de créatures ignobles et sournoises cherchant par tous les moyens à égarer les voyageurs. Seuls les marins aguerris des navires marchands savent emprunter sans risque le canal creusé en ligne droite qui les conduit vers la haute mer. Ils ont appris à ne pas se laisser entraîner par les créatures de l'ombre qui tentent de les faire disparaître, corps et biens, en allumant des feux trompeurs pour les attirer dans des zones impropres à la navigation fluviale ou encore en déclenchant des tempêtes artificielles pour les forcer à rebrousser chemin.

La mission de Myra exige cependant qu'elle accepte de s'aventurer seule dans ces marécages aux eaux putrides et nauséabondes, domaine de prédilection des créatures de l'ombre, toujours avides de méfaits et de vengeance. Les magiciennes du clan des Xu ne craignent pas de pénétrer dans les terres maudites de la Malemort qui ceinturent la chaîne des monts Hortan, car elles détiennent le pouvoir de défier et de mettre hors d'état de nuire les créatures immondes asservies par le Prince oublié, Ritter, seigneur d'Ambal.

La jeune magicienne constate avec inquiétude que, selon les prédictions de Jonas, le brouillard s'est encore avancé. Simulant des voiles fantômes, il s'accroche maintenant aux mâts des navires et continue à se diriger inexorablement vers les terres.

Jonas a ordonné l'arrêt de la procession. Serrés les uns contre les autres, parents, enfants et amis rassemblés dans le port se tiennent muets et immobiles, frissonnant dans le froid et l'humidité qui les transpercent.

– Ce phénomène m'inquiète, marmotte le bourgmestre. Ce brouillard est très inhabituel. Il est trop mince, on dirait un voile tiré sur nous par quelque force obscure.

– As-tu remarqué que le ciel est plus sombre aussi ? demande Myra.

– Hum !…, fait Jonas, réfléchissant. Tu as raison. On dirait que la nuit va bientôt tomber alors qu'il est à peine deux heures de l'après-midi.

– Hâtons-nous, suggère la jeune magicienne.

Aussitôt, l'oiseau de Saïk quitte son poignet et s'envole vers l'avant de la gondole fleurie où il se pose, bien en évidence, comme la figure de proue des grands navires marchands. Après l'avoir longuement serrée contre lui, Jonas encourage la jeune fille à prendre place dans l'embarcation et à larguer les amarres. Sans perdre une seconde, Myra monte à bord de la barque, où l'oiseau, juché sur son perchoir, s'agite et pousse des cris effrayants. Aussitôt, deux des gardes de la milice municipale se précipitent pour détacher les amarres de la frêle embarcation.

Dès que la voyageuse empoigne l'aviron, un tourbillon de vent la projette violemment au fond de l'esquif. Dans un froissement d'ailes, l'oiseau de Saïk quitte son perchoir et s'élance dans le ciel, au-dessus des eaux. Un peu étourdie par la violence du choc, Myra se relève tant bien que mal et s'agrippe fermement au plat-bord.

— Reviens ! crie-t-elle à l'adresse de l'oiseau qui poursuit son envolée vers les nues.

Après une série d'habiles coups d'aviron, l'embarcation dirigée par l'enchanteresse est entraînée vers le milieu du fleuve dont le cours habituel est tranquille.

« Qu'est-ce qui se passe ? songe Myra. Pourquoi l'oiseau s'enfuit-il ainsi ? Et pourquoi y a-t-il eu ce coup de vent soudain ? Ce n'est pas le fruit du hasard. C'est un avertissement. »

Le brouillard se rassemble à présent autour de la barque. Jonas, qui de la rive observe le phénomène, craint le pire.

«Bonne chance, petite», souffle-t-il.

Face à la population qui lui fait confiance, le bourgmestre fait montre d'assurance. Tête haute, épaules droites, il s'efforce de ne pas laisser paraître qu'il a peur et qu'il redoute les événements funestes qu'annoncent les étranges phénomènes météorologiques.

« Ces changements de temps subits sont précurseurs de malheur », songe le gros aubergiste.

Comme si les éléments voulaient lui donner raison, un vent puissant et glacial balaie le port et le fleuve. La frêle embarcation dans laquelle l'enchanteresse se trouve laissée à elle-même est à présent secouée comme un bouchon de liège prisonnier des eaux tumultueuses d'un torrent.

– Xuda ! crie Myra. Xuda ! Ne m'abandonne pas !

Encouragée par le souvenir de la vieille magicienne dont elle porte la cape, Myra, qui voit l'oiseau disparaître comme un point lumineux s'effaçant peu à peu dans la nuit, reprend courage et s'accroche de son mieux aux bords de l'embarcation secouée par le mauvais vent dont les hurlements sont plus assourdissants que le bruit du grand tintamarre qu'elle a conduit de la place du Marché au port. Le fleuve, d'ordinaire si calme, se couvre de houle écumante. Les rubans et les fleurs qui ornaient l'embarcation sont arrachés et aspirés par le vent qui les entraîne dans une longue colonne vers le ciel où plane une ombre sans cesse grandissante.

Cette ombre, d'abord si informe qu'on la prenait pour le ciel lui-même qui se couvrait, devient de plus en plus dense et précise. Après s'être enroulée sur elle-même comme les volutes d'une épaisse fumée noire, l'ombre prend lentement la forme d'un chevalier gigantesque vêtu de pied en cap pour la guerre. Brandissant une épée démesurée, couverte de flammes, le chevalier a revêtu une armure noire et chevauche un puissant destrier à la robe lustrée, couleur d'une nuit sans lune. Les naseaux largement ouverts de cette bête infernale crachent des flammes immenses qui menacent de tout brûler.

– Ritter ! Le Prince oublié ! s'écrie Myra.

Elle se sent tout à coup terrifiée par cette figure venue tout droit des profondeurs des régions obscures. Xuda la lui avait décrite et, comme toutes celles de son clan, Myra avait été formée pour pouvoir l'affronter. Mais étudier est une chose, alors qu'être confrontée directement aux événements et y faire face efficacement en est une tout autre.

Le brouillard qui s'est accumulé autour de la barque fait écran, empêchant Jonas et les habitants de La Marande de voir ce qui se passe dans la gondole. De la rive, celle-ci semble avoir été engloutie par le fleuve. Mais tous peuvent voir dans le ciel le Prince oublié, à l'allure triomphante.

Sa voix d'outre-tombe sonne comme le glas :

– Donne-moi l'oiseau !

– Jamais ! rétorque courageusement la jeune

magicienne. Moi vivante, jamais vous ne vous en emparerez !

La jeune fille se sent faible tout à coup. Elle fouille dans sa mémoire pour retrouver au plus vite les formules que lui a apprises Xuda et qui sont destinées à repousser les attaques sournoises du Prince. Mais c'est comme si une force inconnue s'était emparée de sa volonté pour la contrôler et l'annihiler.

– Alors tu mourras ! réplique le Prince.

Au fond de la barque, Myra, paralysée, est incapable de se remémorer ou de réciter ne serait-ce que le début d'une incantation. La jeune magicienne sent alors une force incroyable saisir la barque et la broyer aussi facilement qu'une coquille de noix écrasée par l'étau d'un casse-noix. Les morceaux de bois qui constituaient l'embarcation s'éparpillent à la surface de l'eau bouillonnante. Malgré sa faiblesse extrême et la peur qui la tenaille, la jeune fille tente de nouveau de se rappeler les formules magiques ayant pour but de tenir en respect le prince de l'ombre. En vain.

« Je pourrais aussi bien fredonner une comptine, ce serait tout aussi inefficace ! » songe-t-elle avec amertume.

Incapable de résister à l'assaut du seigneur d'Ambal, Myra coule à pic au fond du fleuve déchaîné où, à demi consciente, elle se laisse entraîner.

Sur la rive, les spectateurs, à la fois médusés et terrifiés, assistent impuissants au rapt de l'oiseau de Saïk, à présent entre les mains de Ritter, le Prince oublié, ce qui annonce un cycle de grands malheurs.

Chapitre 3

Le cimetière englouti

Son embarcation ayant été broyée comme une simple coquille de noix par le Prince oublié, Myra coule au fond du Dorin. Autour d'elle, les débris flottent comme les plumes d'un oreiller éventré avant de sombrer eux aussi.

« J'ai l'agréable sensation d'être un oiseau porté par des courants ascendants », pense la jeune magicienne.

Elle se sent euphorique, comme la première fois où, pour célébrer le début des fêtes de la moisson, la vieille Xuda avait accepté que l'enfant qu'elle avait adoptée trempe ses lèvres dans son verre de vin fort.

Son manteau s'ouvrant autour d'elle comme un parachute, Myra atteint finalement le fond du fleuve. Ses pieds s'enfoncent dans une épaisse couche de sable noir aussi fin que du talc. Un nuage s'élève autour de la jeune fille avant de retomber en poussière. Le fond de l'eau est plongé dans une douce pénombre rougeâtre. Nimbées d'une pâle lumière surréelle, des épaves à moitié ensevelies dans le lit du fleuve semblent endormies. La jeune fille a l'impression de se trouver dans un immense aquarium, faiblement éclairé pour la nuit.

« Où suis-je ? » se demande-t-elle.

Elle regarde, autour d'elle, les épaves de navires de guerre coulés au cours de guerres passées.

« Grâce au travail de Xuda, je n'ai connu qu'une ère de paix, songe l'enchanteresse. Mais je sais que le pays de Terre-Basse a vécu, auparavant, de longues périodes de guerres et de famine. »

Myra s'en veut d'avoir échoué dans sa mission et de n'avoir pas su préserver la paix, comme l'avait fait si efficacement son aînée avant elle. Inquiète, elle se demande : « Que vont devenir les habitants de la vallée à présent que j'ai failli et que Xuda n'est plus là pour les protéger ? »

La jeune fille se sent irrésistiblement attirée par le monde étrange qu'elle découvre. Empilés les uns sur les autres, leur coque éventrée par les boulets des canons ennemis et à demi dévorée par l'action des courants sous-marins, les bateaux de guerre semblent figés pour l'éternité, rappelant aux rares visiteurs leur douloureux passé.

Myra s'arrête un instant pour observer un curieux ballet, celui des anguilles, des lamproies et des sombres raies mantes qui semblent avoir élu domicile dans ces vestiges. D'étranges créatures, plus inquiétantes, se mêlent à la sarabande : des poissons aveugles sur le dos desquels se dressent deux rangées de nageoires, couvertes de pics aux arêtes acérées, tranchantes comme des lames de rasoir.

« Ce lieu est vraiment bizarre, se dit la jeune magicienne. Peut-être ne devrais-je pas être ici… »

Malgré le malaise qu'elle ressent à se trouver là, au fond du fleuve, elle a envie de s'approcher et de découvrir ce que cache le cimetière sous-marin. Soudain, par une brèche percée dans la coque d'un grand navire couché sur le flanc, Myra aperçoit une vive lueur clignotante. Étrangement, l'épave semble s'animer soudain et reprendre vie. Sans hésiter, la jeune magicienne, légère comme une bulle de savon, se dirige aussitôt vers cette lumière qui lui rappelle le phare de la Grande Barre qui guide les marins dans la nuit.

Elle s'engouffre dans la brèche et pénètre ainsi dans le navire oublié. Des canons, de lourds boulets, des tonneaux de poudre et des armes gisent pêle-mêle au fond de la cale. Myra flotte doucement au-dessus de ce capharnaüm, jusqu'à une autre partie de la cale qui contenait, jadis, les victuailles destinées aux marins. Il n'en reste plus rien, mis à part les contenants éventrés et pillés par la faune marine.

Il règne à l'intérieur de l'épave une atmosphère lourde et inquiétante qui trouble profondément la jeune magicienne, qui se demande : « Pourquoi est-ce que je me sens triste, tout à coup ? »

Jusque-là, elle avait éprouvé du plaisir à se promener, seule, au fond de l'eau et à découvrir ce monde étrange. Mais dès qu'elle était entrée dans l'épave du grand navire de guerre, l'atmosphère avait changé. Flottant au-dessus des débris qui encombrent la cale, Myra s'interroge : « Peut-être devrais-je sortir d'ici, quitter l'épave… »

Mais la curiosité est plus forte que la peur. Myra continue donc à progresser vers la proue, car la lumière qui l'a attirée en ce lieu émane de la partie avant du navire. Elle pousse facilement une porte ballottée par les flots et presque entièrement arrachée de ses gonds, et pénètre dans une salle brillamment éclairée.

– Oh ! s'exclame-t-elle.

Pétrifiée, la jeune fille découvre avec stupéfaction une extraordinaire salle de réception. Une table, richement décorée de verres de cristal, d'assiettes et de couverts en or massif, est dressée pour recevoir une centaine de convives. Des dizaines de candélabres à sept branches illuminent cette table opulente, sur laquelle apparaissent maintenant les plats les plus riches et les plus savoureux : des volailles grillées, du gibier à poil et à plumes, de somptueux gâteaux à la crème, des montagnes de pâtisseries, de fruits confits et de pâte d'amandes.

« Comment est-ce possible ? » voudrait savoir Myra, étonnée.

Ahurie par le spectacle insolite, la jeune fille se demande comment des bougies peuvent brûler et éclairer aussi brillamment au fond de l'eau, comment la nourriture peut demeurer intacte sur la table, sans se diluer.

Un peu revenue de sa surprise, Myra retrouve l'usage de ses membres et s'avance vers la table. Elle est fascinée par le luxe qui s'étale sous ses yeux. Habituée au confort rustre de la masure de la forêt magique de Tyr, la jeune fille est émerveillée par tant de beauté et de richesse.

– Venez vous asseoir avec nous, l'invite une voix caverneuse.

Éberluée d'être ainsi interpellée par une voix d'outre-tombe, Myra lève les yeux et découvre qu'elle n'est plus seule. À l'une des extrémités de la longue table trône un inconnu qui la prie de prendre place à sa droite.

« Je pourrais m'installer n'importe où, pense Myra. Il y a tellement de places vides ! »

Au même moment, elle voit apparaître autour de la table tous les invités qui ont déjà pris place pour le banquet.

« De plus en plus bizarre », se dit la jeune magicienne.

Curieusement, dès l'instant où elle a vu les convives, le malaise qu'elle avait ressenti au fond de la cale a disparu. À présent, la jeune fille se sent de nouveau heureuse, légère comme l'air et pressée de faire la connaissance de tous ces gens qui lui sont inconnus. Elle se dirige donc vers la place d'honneur qui lui a été assignée et s'installe à la droite de celui qui semble présider le banquet.

– Je lève mon verre à notre nouvelle invitée ! dit celui-ci.

– À notre nouvelle invitée ! À notre nouvelle invitée ! scande le groupe qui s'est levé pour accueillir Myra.

Un peu intimidée par cet accueil inusité, Myra sourit timidement. Après avoir avalé chacun une gorgée de l'étrange liquide vermillon versé dans leurs verres, les hôtes de l'épave se rassoient et entament leur plantureux repas. La jeune magicienne, elle, fait semblant de boire. Puis elle s'empresse de se servir un peu de tous les plats qu'on lui passe et se retrouve bientôt devant une assiette débordante de nourriture.

Étonnamment, elle n'a pas faim. Elle en profite donc pour épier ses voisins et observer l'étrange tablée. Tous les convives mangent avec appétit, voire voracement. Myra est un peu troublée d'entendre tous ces claquements de dents et la mastication bruyante de ces gens. Elle remarque alors qu'elle est la seule femme invitée au banquet. Tous les convives sont des hommes, plutôt rustres, des marins. Seul celui qui préside au banquet semble plus raffiné : il est plus richement vêtu que ses compagnons et son visage propre est rasé de près. Contrairement aux autres, il mange sans bruit, se sert de ses ustensiles en or pour prendre sa nourriture et s'essuie la bouche et les doigts à intervalles réguliers.

– Laissez-moi me présenter, dit l'hôte. Je suis le capitaine Duwar, responsable de ce bâtiment.

– Myra, répond simplement la magicienne.

En d'autres circonstances, elle se serait dite enchantée de faire sa connaissance. Là, cependant, quelque chose la retient de se montrer trop courtoise envers cet hôte qu'elle trouve singulier.

Après avoir esquissé un sourire, Myra laisse errer son regard autour de l'immense tablée. Les hommes, hirsutes et bruyants, échangent des plaisanteries de mauvais goût sans prendre la peine d'avaler d'abord ce qu'ils ont dans la bouche.

– Vous ne mangez pas, ma chère ? s'inquiète le capitaine Duwar.

– Je n'ai pas très faim, explique Myra.

– Allons, prenez quelque chose, insiste le capitaine. Vous n'allez pas nous regarder manger. Il faut nous tenir compagnie. Nous sommes si seuls, ici.

Lorsqu'il s'empare de sa main pour la serrer dans la sienne et l'encourager à partager le repas de l'équipage, Myra sent un froid mordant envahir tout son corps.

– Mangez, voyons ! dit le capitaine. Juste une bouchée…

La jeune fille tente de retirer sa main de celle du marin, mais s'en trouve incapable. Le capitaine fixe sur elle ses yeux caves et sombres. Dans un sursaut d'énergie, Myra réussit à retirer sa main prisonnière, qu'elle dissimule sous son ample manteau noir. Elle constate alors avec effroi que les orbites des yeux qui la regardent sont vides.

Un silence de mort s'installe autour de la table.

– Ne nous faussez pas compagnie, implore Duwar. Nous sommes seuls depuis trop longtemps.

La jeune magicienne remarque que des algues s'accrochent aux vêtements du capitaine et des membres de son équipage.

– Nous vivons si isolés, ici, oubliés des vivants, lui murmure son voisin de table.

Elle se tourne vers lui et fixe, horrifiée, ses orbites vides par où s'écoule l'eau du fleuve.

«On dirait des larmes amères versées sur un monde perdu», se dit Myra.

La jeune fille se sent soudain accablée d'une peine immense. Une indicible angoisse lui étreint alors le cœur. La douleur que ressentent les marins perdus l'afflige au plus haut point. Elle voudrait pouvoir leur venir en aide, mais elle ne sait pas comment leur apporter la consolation qu'ils souhaitent tant.

– Restez avec nous, souffle le capitaine.

– Le temps est si long, soupire son voisin de gauche.

– Nous sommes si las! confie un autre.

Myra se sent faible tout à coup. Le fardeau des marins disparus est trop lourd à porter. Elle se sent vidée de ses forces. Sa vue se brouille et la vision des hôtes fantômes s'estompe graduellement. Éberluée, tremblante, la magicienne serre plus fort contre elle les pans de son grand manteau. Elle se voit maintenant entourée de squelettes aux os blanchis auxquels sont accrochées de longues algues qui flottent autour d'eux comme des lambeaux de vêtements.

— Restez avec nous ! Restez avec nous ! scande l'assemblée.

— Joignez-vous à notre famille, la supplie Duwar.

— Je ne puis rester, répond Myra. Je suis désolée. Je dois partir.

Elle fait mine de quitter la table, mais des centaines de mains et de bras squelettiques l'empêchent de se lever. Les fantômes tentent l'impossible pour la retenir dans le cimetière englouti que constituent les épaves des navires coulés corps et biens.

— Retire ton manteau, lui susurre une voix spectrale. Ici, tu n'en auras pas besoin.

— Non !

Myra s'accroche au manteau de Xuda. Elle a si froid ! Seul le manteau magique l'empêche de succomber au froid glacial qui la pénètre. Elle sent ses membres gagnés par un étrange engourdissement.

« Combien de temps encore aurai-je la force de résister à leurs suppliques ? » se demande la jeune fille.

Au moment où elle va abandonner la lutte et cesser toute résistance, elle entend la voix du capitaine Duwar tonner :

— Lâchez-la !

Les mains et les bras des spectres relâchent aussitôt leur étreinte.

— Laissons-lui le temps de s'acclimater, suggère Duwar.

Se tournant de nouveau vers la magicienne, il précise :

– Ici, le temps n'existe pas. Les jours s'écoulent, mortels, tous semblables les uns aux autres, dans cette pénombre éternelle où rien ne vient nous distraire.

– Nos familles nous manquent, se lamente un des marins.

– Si vous restez avec nous, geint un autre, le temps nous semblera moins long.

– Allez, mangez un morceau, l'encourage le capitaine en plaçant un savoureux magret de volaille dans l'assiette de Myra.

L'appât semble savoureux à la jeune fille qui, curieusement, se sent soudain tenaillée par une faim dévorante comme jamais, de sa vie, elle n'en a ressenti. Elle capitule enfin, et s'empare du morceau de viande juteux, dégoulinant d'une sauce onctueuse. Au moment où elle s'apprête à porter l'aliment à sa bouche, une voix de stentor retentit, faisant trembler la carcasse du navire devenu le refuge des fantômes du Dorin.

– N'y touche pas ! ordonne la voix. Cette nourriture n'apaisera jamais ta faim.

Stupéfaite, Myra obtempère. Elle se tourne en direction de la voix et, à son grand étonnement, reconnaît le truculent patron de l'auberge du Sanglier bleu.

– Jonas ! s'écrie l'enchanteresse.

Pieds et torse nus, vêtu de son seul pantalon de peau coupé au genou, l'aubergiste dresse devant elle sa haute stature. Il est accompagné d'un banc de petits poissons bleus, scintillants de lumière dorée, qui nagent en formation serrée autour du géant, dont ils épousent subtilement les mouvements. Celui-ci tient dans la main droite un long bâton noueux et dans l'autre une lanterne qui jette autour d'elle une lumière blanche, phosphorescente. Ainsi attifé et avec ces accessoires, Jonas ressemble plus aux veilleurs de nuit qui arpentent les rues de La Marande qu'à son bourgmestre.

– Viens, Myra, ordonne-t-il à la jeune fille.

Après avoir pointé vers elle le pommeau de son bâton, sculpté en forme de tête de serpent aux yeux d'émeraude et de rubis, il ajoute :

– Suis-moi.

Son ton est impératif, sans réplique.

Il lève bien haut sa lanterne dont la lumière a la faculté de disperser les spectres. Bientôt, la table somptueusement dressée laisse place à un enchevêtrement de meubles brisés, empilés pêle-mêle dans la cale crevée.

Le gros aubergiste, autour duquel virevoltent les magnifiques poissons bleus, s'adresse à Myra :

– Laissons les morts à leurs activités. Nous avons suffisamment troublé leur univers. Viens. Ton heure n'est pas encore venue.

Soulagée, Myra s'empresse de suivre son ami.

– Avec plaisir, dit-elle. Sors-nous d'ici au plus vite, Jonas !

Accompagnés par les poissons qui ressemblent à une nuée de papillons auréolés de lumière, les deux compagnons se hâtent de quitter l'épave.

Ils marchent un long moment dans les eaux troubles et à présent obscures du fleuve. La lanterne de Jonas n'arrive plus à percer la pénombre qui envahit le lit du fleuve, où Myra a l'impression d'avancer avec une lenteur extrêmement pénible. Le temps s'écoule si lentement que Myra en perd toute notion. Elle a l'impression de flotter entre deux eaux, sans pouvoir se fixer de repères. Elle se sent si fatiguée, à la fin, qu'elle ferme les yeux et se laisse porter par le courant qui l'entraîne.

Quand elle rouvre les yeux, elle se retrouve allongée dans le lit à baldaquin qui meuble la chambre secrète de l'hôtel de ville de La Marande et où elle a déjà dormi. Penché au-dessus d'elle, elle découvre avec plaisir le bon visage de Touchette, la femme de Jonas.

– Eh bien ! la sermonne gentiment l'accorte aubergiste. On peut dire que tu reviens de loin et que tu nous as fait peur !

Chapitre 4

Un douloureux réveil

Après son réveil, il faut un long moment à Myra pour comprendre ce qui s'est passé. Heureusement, Touchette est là, qui veille à ses côtés.

– Où est Jonas ? s'inquiète la jeune fille.

– Il se repose. Le voyage qu'il a effectué au fond du fleuve pour t'arracher au cimetière englouti l'a épuisé.

Elle adresse à sa protégée un sourire rassurant avant d'ajouter :

– Tu sais, grâce aux pouvoirs que nous détenons, Jonas et moi vieillissons moins vite que les autres habitants de la ville, mais nous vieillissons tout de même un peu. Il faut nous ménager.

– Je regrette, soupire la rescapée.

– Ne regrette rien, lui conseille Touchette. Je trouve que tu t'es très bien débrouillée face aux forces de l'ombre.

Myra regarde l'aubergiste dans les yeux et esquisse une moue comique.

– Tu trouves ? s'étonne-t-elle. Je n'ai pas eu la force de résister au pouvoir du Prince oublié.

Il a pris l'oiseau, a démoli mon embarcation et m'a précipitée, inanimée, au fond du fleuve où j'ai failli me noyer ! Tu appelles ça « bien se débrouiller », toi ?

– Tu es trop dure envers toi-même, ma petite fille. Comment peux-tu espérer avoir de l'indulgence pour les autres si tu n'en as pas pour toi-même ?

– Jonas a risqué sa vie pour venir me tirer de là, réplique Myra.

– Un peu d'aide ne nuit pas. Et puis, s'il a réussi, c'est que tu l'as beaucoup aidé…

– Comment cela ?

– D'abord, tu as résisté courageusement lorsque les spectres ont tenté de te retirer le manteau de feutre de Xuda.

– Ce n'était pas bien difficile, raille la magicienne. J'étais morte de froid !

Touchette sourit tendrement à la jeune fille avant de lui apprendre :

– C'était la première épreuve. Tu l'as réussie. Si les fantômes des marins s'étaient emparés de ton manteau, ni Jonas ni personne d'autre n'aurait pu te ramener vivante du cimetière englouti.

Myra est surprise. Au moment des faits, jamais elle ne s'est doutée qu'elle affrontait une épreuve. Elle demande :

– Tu as dit « c'était la première épreuve ». Il y en avait donc d'autres ?

– La seconde épreuve que tu avais à affronter dans cet univers de désespoir était liée à la nourriture, que tu devais refuser.

– J'ai failli accepter le morceau d'aiguillette que le capitaine Duwar avait placé dans mon assiette ! se récrie l'enchanteresse.

– Je te l'accorde, mais jusqu'à cet instant tu n'avais rien mangé. Tu as donc réussi la deuxième épreuve. Jonas est arrivé à temps, c'est vrai, pour te donner un coup de pouce, mais qui, dis-moi, n'a jamais eu besoin de l'aide d'un ami ?

Les paroles de Touchette donnent à Myra l'occasion de réfléchir un moment. Même si les magiciennes du clan des Xu, installées au cœur de la forêt enchantée de Tyr, vivent la majeure partie de leur vie en marge de toute société, elles ont des amis et des alliés partout sur le territoire de Terre-Basse.

La jeune magicienne se redresse péniblement et, aidée de l'aubergiste, s'appuie lourdement contre les oreillers que celle-ci a empilés dans son dos pour la soutenir.

– Je me sens si faible…

La voix de Myra n'est plus, en effet, qu'un murmure.

– C'est normal, la rassure Touchette. Tu es à peu près une des seules personnes à être revenue vivante du cimetière du Dorin. Avant toi, Xuda, aussi, avait réussi.

Le nom de la vieille magicienne qui l'a élevée fait monter des larmes aux yeux de Myra.

– J'ai trahi sa confiance, marmonne l'enchanteresse. Elle m'avait confié la tâche de conduire l'oiseau de Saïk au refuge des monts Hortan et j'ai échoué.

Touchette s'assoit sur le bord du grand lit. Celui-ci tangue sous le poids de la femme plutôt replète qui prend dans la sienne la main diaphane de la jeune fille avant de lui confier :

– Tu n'as pas vraiment échoué, tu sais. Xuda nous avait fait prévenir : Ritter, le Prince oublié, a repris de la force. Son pouvoir dépasse à présent celui que détenait ton mentor. C'est pourquoi la vieille magicienne a choisi de te passer le flambeau.

– Mais...

Myra est si étonnée d'entendre ces paroles que pendant une minute elle est incapable de refermer la bouche. Lorsqu'elle y parvient, ce n'est que pour articuler des monosyllabes sans cohérence :

– Je... Mais... Voyons...

– Rappelle-toi ce que Xuda t'a appris, lui conseille Touchette. Nous vivons alternativement des cycles de paix et de guerre parce que les forces en présence se livrent une lutte sans merci.

– Cette fois, c'est Ritter, le Prince oublié, qui a gagné.

– Cette fois..., répète l'aubergiste, dont le visage a pris un air grave.

– Que veux-tu dire ?

– Laisse-moi t'expliquer certaines choses, ma petite. La première, c'est que nul ne peut être vraiment fort s'il n'a connu la faiblesse.

Les yeux écarquillés, Myra supplie :

– Ma chère Touchette, peux-tu parler claire-ment ? Je suis fatiguée...

– Ce que je veux que tu saches, Myra, c'est que toutes les épreuves, tous les prétendus échecs que tu vas rencontrer sur ton chemin, font partie de ta formation.

– Merci de m'encourager…, se moque gentiment Myra.

– Tu es destinée à remplacer Xuda un jour, mais tu n'as pas encore complété ta formation. Pour ce faire, tu dois d'abord vaincre Ritter et lui reprendre l'oiseau de Saïk, car celui-ci est gage de paix et de prospérité pour la vallée et tous les habitants de Terre-Basse.

– Je me sens si fatiguée, affirme Myra, dont le visage a pris une vilaine couleur de papier mâché.

– Le chemin sera long et semé d'embûches, l'avertit la patronne du Sanglier bleu. Mais souviens-toi que celui qui n'a connu que le succès, la réussite, la gloire et les acclamations des foules n'est qu'un colosse de papier.

– Tu veux dire un géant aux pieds d'argile.

– Je veux dire que la force véritable est de survivre à l'échec, que le pouvoir véritable est de renaître de ses cendres. Voilà le secret de la puissance des magiciennes du clan des Xu.

– Sans Xuda, confie Myra, je me sens si démunie ! Si impuissante !

Les larmes ruissellent à présent sur les joues pâles de la jeune magicienne. L'aubergiste la prend dans ses bras et la berce en lui caressant les cheveux. Touchette est une femme plantureuse. Certaines mauvaises langues se plaisent à faire

remarquer qu'elle ressemble beaucoup aux tonneaux qui garnissent les caves du Sanglier bleu.
Mais pour Myra, les gros bras de l'aubergiste
semblent à présent le plus rassurant des refuges.

– Je me sens si fatiguée ! répète la jeune
magicienne.

– Tu as juste besoin d'un petit remontant,
lui assure la replète aubergiste en quittant pres-
tement le rebord du lit, qui reprend aussitôt sa
forme.

Myra la voit qui s'affaire un instant près de
la grande cheminée où pétille un bon feu. Elle
revient bientôt avec un bol fumant, qu'elle lui
tend.

– Bois ça, ordonne-t-elle. Ça te remettra.

– Je connais cette odeur…, dit Myra en
reniflant la vapeur odorante qui s'échappe du
bouillon.

– Je n'en doute pas. C'est une recette que m'a
donnée Xuda. Bois, maintenant.

Sans plus se faire prier, l'enchanteresse s'exé-
cute et avale lentement la mixture. Dès la première gorgée, elle sent ses forces lui revenir.
On dirait qu'un courant bienfaisant parcourt
son corps. Bientôt, la faiblesse qu'elle ressentait
depuis sa rencontre avec les spectres du cimetière
englouti n'est plus qu'un souvenir.

Myra tend son bol à Touchette et repousse les
couvertures.

– Je me sens mieux à présent, annonce-t-elle.
Les potions de Xuda font des miracles. J'aimerais
me lever.

– J'ai lavé et fait sécher tes vêtements. Tu les trouveras sur le fauteuil, près de la cheminée.

– Merci, Touchette.

Reconnaissante, Myra se jette dans les bras de son amie et l'embrasse.

– Que deviendrais-je sans Jonas et toi ?

– Nous avons promis à la vieille Xuda de veiller sur toi de notre mieux et de t'aider au meilleur de nos connaissances et de nos capacités, répond Touchette. Nous tiendrons promesse.

Émue, elle regarde sa protégée et ajoute :

– Un jour, je le sais, tu succéderas à la vieille Xuda. Ce jour-là, c'est avec fierté que tu rempliras et honoreras ta charge de magicienne du clan des Xu. Pour l'instant, d'autres tâches t'attendent. Suis-moi.

Emportant avec elle le gros trousseau de clés que Jonas lui a confié, Touchette se dirige vers la grande tapisserie qui couvre le mur face au grand lit à baldaquin. Elle écarte la tenture représentant une paisible scène bucolique et qui sert à dissimuler une épaisse porte de bois cloutée de fer. Après l'avoir ouverte à l'aide d'une des clés de l'énorme trousseau, elle entraîne Myra dans le dédale des passages secrets dissimulés dans les murs et les sous-sols de l'hôtel de ville de La Marande, qu'elle connaît comme le fond de sa poche.

– Je n'ai aucun souvenir de ce qui c'est produit après que Ritter s'est emparé de l'oiseau de Saïk et a pulvérisé ma barque, confie Myra. C'est un grand trou noir, jusqu'au moment où mes pieds ont touché le lit du fleuve. Raconte-moi ce qui s'est passé après ces horribles événements.

– Ç'a été terrible, commente Touchette. Ritter et son infernale monture qui crache le feu ont tout brûlé : les navires, les entrepôts, les biens. Tout ! Du port, il ne reste que des cendres.

L'enchanteresse frissonne à l'écoute de la narration que lui fait la patronne de l'auberge, qui précise :

– J'ai tout vu, car je m'étais mêlée à la foule qui suivait le défilé des guildes.

Myra ne peut s'empêcher d'esquisser un sourire en entendant ces mots. C'est que, malgré le récit dramatique, elle imagine très bien l'avenante aubergiste passant quasiment inaperçue au milieu de la foule tant sa silhouette grassouillette est familière aux habitants de la ville qui la connaissent tous. Myra sait cependant qu'elle et Jonas sont les yeux et les oreilles de la ville.

Comme le lui a expliqué un jour Xuda, tout le monde s'arrête au Sanglier bleu à un moment ou à un autre de la journée. Les gens y vont pour manger, pour boire, pour se rencontrer, pour traiter ou sceller des affaires. Leur journée de travail terminée, les besogneux Lamarandais aiment se rencontrer à l'auberge pour se détendre et s'amuser. Pas étonnant que l'endroit soit devenu, au fil des siècles, un poste d'observation privilégié.

Pour prendre le pouls des habitants, des affaires qui se brassent en ville, des tendances actuelles et à venir, rien de mieux qu'une heure passée au Sanglier bleu ! Les patrons de l'auberge, présents de l'ouverture à la fermeture, comptent parmi les mieux informés de la vallée. C'est ainsi que, peu à peu, les fonctions de patron du Sanglier bleu et de bourgmestre de la ville sont devenues inexorablement et inextricablement liées. Pour bien administrer une cité, il faut en connaître les moindres secrets. Et aucun de ces secrets n'échappe aux deux patrons du Sanglier bleu, et surtout pas à Touchette, dont personne ne se méfie tant elle paraît bonne et avenante.

– Quand le port a brûlé, y a-t-il eu des morts ? des blessés ? s'informe Myra que la culpabilité recommence à empoisonner.

– Oui, quand la foule a paniqué et que les gens se sont enfuis en se bousculant. Quelle pagaille c'était ! se remémore l'aubergiste.

– Que s'est-il passé ensuite ? s'enquiert Myra.

Au fond d'elle-même, elle préférerait ne rien savoir, car elle redoute le récit des événements tragiques que ne manquera pas de lui faire sa protectrice. Mais Xuda lui a appris à toujours regarder les faits en face, peu importe sous quel visage, heureux ou malheureux, ils se présentent.

– Au bout d'un moment qui m'a semblé une éternité, les gardes de la milice municipale, sous les ordres des échevins, ont réussi à rétablir un semblant d'ordre. Ils ont pu ensuite diriger les habitants vers l'abri que constituent les remparts de la ville.

Myra tremble à l'écoute du compte rendu de celle qui trottine à quelques pas devant elle, se faufilant à toute allure dans les couloirs déserts et faiblement éclairés qui s'enfoncent dans le cœur de l'hôtel de ville. La magicienne déteste les foules, dont elle craint particulièrement les mouvements désordonnés et imprévisibles.

– Ça a dû être terrible quand la foule a paniqué, dit-elle. Que s'est-il passé ensuite ?

– Une fois les habitants conduits à l'intérieur des murs, on a fermé les quatre portes de la ville. C'est la première fois depuis des lustres que cela arrivait, rapporte Touchette.

– Depuis cent cinquante ans…, souffle Myra.

– Exactement.

La jeune fille se rappelle que durant toute cette période Xuda a pu repousser les attaques de Ritter, garantissant ainsi la paix et la prospérité de la ville et des habitants de Terre-Basse.

Elle a soudain l'impression que les corridors qu'elles enfilent rétrécissent et deviennent plus sombres, comme s'ils cherchaient à l'écraser entre leurs murs pour la punir de n'avoir pas su perpétuer cette période de prospérité.

– Désormais, explique Touchette, personne ne peut sortir de La Marande sans autorisation expresse. Tant qu'ils restent dans la ville, les habitants sont en sécurité. Nous avons, ici, les moyens de nous défendre contre les Pénitents. Dehors, personne n'est véritablement à l'abri.

– Les Pénitents ! s'écrie Myra. Les espions de Ritter ! Ils sont déjà là ?

– Plusieurs ont rapporté en avoir aperçu aux abords de la ville, peu après la destruction du port. Les gens les craignent comme la peste !

– Et avec raison, car ils peuvent prendre la forme la plus inattendue et ainsi s'infiltrer où bon leur semble !

Lorsque le pouvoir du Prince oublié reprend de la vigueur, les ombres maléfiques des Pénitents, ces êtres sans volonté autre que celle de leur maître, se multiplient. Ces créatures parcourent les routes de la vallée à la recherche d'informations à transmettre au Prince. Celui-ci les charge aussi d'accomplir en son nom toutes les basses besognes qui servent à asseoir son pouvoir : vols, enlèvements, séquestrations, meurtres. Aucun des actes les plus vils n'effraie ces âmes à jamais perdues.

Myra remarque que le corridor qu'elles suivent depuis un moment devient plus pentu. Elles parviennent enfin à un escalier en colimaçon qui s'enfonce au cœur même de la ville protégée par la mairie.

– Nous allons tout droit à la bibliothèque, l'informe Touchette.

– La bibliothèque ! s'étonne Myra. Mais je croyais que je partais à la recherche de l'oiseau de Saïk !

– En effet, mais la bibliothèque n'est-elle pas le lieu idéal pour quiconque veut entreprendre une recherche ? plaisante Touchette.

— Tu te moques de moi…

— Non, ma chère. Impossible pour toi de quitter la ville, car toutes les portes sont gardées. De plus, ajoute l'aubergiste dont le ton a pris de sombres accents, s'ils te voyaient, les habitants te prendraient tout de suite à partie. Sans protection, tu ne pourrais te défendre ; ils auraient tôt fait de te réduire en charpie !

Myra tremble de tous ses membres. L'idée d'être mise en pièces par la foule en colère la fait frémir d'horreur.

— Que veux-tu, ajoute Touchette avec philosophie, les gens simples cherchent des explications simples. Ils veulent un bouc-émissaire pour expliquer leurs malheurs. Dans ce rôle, tu serais parfaite !

— Merci, réplique Myra. Je m'en passerai.

— Par la bibliothèque où je t'emmène, nous pouvons accéder à toutes les régions connues et inconnues de Terre-Basse. Seuls les initiés et les magiciennes des Xu connaissent l'existence de ce lieu.

— Curieux…, réfléchit à voix haute l'enchanteresse. Xuda ne m'en a jamais parlé.

— Chaque chose en son temps, vois-tu ? Tu devais d'abord réussir l'épreuve du cimetière englouti.

— Voilà une bonne chose de faite ! marmonne Myra.

— Nous y voici, annonce Touchette en s'arrêtant devant une porte massive.

C'est la première qu'elles rencontrent depuis

leur départ de la chambre secrète où Myra a refait ses forces.

– La bibliothèque renferme tous les trésors les plus précieux de Terre-Basse. Elle constitue donc l'arrêt obligé avant d'entreprendre tout périple, conclut-elle.

Chapitre 5

La bibliothèque aux trésors

Arrêtée à l'entrée de la bibliothèque, la jeune magicienne admirative contemple un long moment la haute porte rectangulaire à deux battants qui donne accès à la bibliothèque de La Marande.

– Je reconnais ces dessins, dit Myra en désignant les figures géométriques et les signes cabalistiques gravés dans le métal des lourdes portes.

– Je l'espère bien ! lance Touchette. Tu as étudié toute ta vie auprès de la vieille Xuda. C'est normal qu'il t'en reste quelque chose !

– Voici Mir, l'étoile du Sud, énonce la jeune fille en pointant le doigt vers le dessin d'une étoile à six branches. Le triangle, là, au centre de la porte, représente le mont Sinou, le plus élevé de la chaîne des monts Hortan qui sépare nos deux mondes, celui de l'ombre et celui de la lumière.

– Tu as bien appris tes leçons ! remarque la patronne du Sanglier bleu en esquissant un sourire satisfait.

– Et voici Tanal, poursuit Myra en montrant un serpent enroulé sur lui-même. Dans notre mythologie, c'est lui qui a donné naissance au continent de Kor sur lequel nous vivons et qui contient tous les mondes.

— Bravo ! Tes connaissances m'impressionnent, avoue la brave aubergiste.

La jeune enchanteresse s'abîme dans la contemplation des hiéroglyphes qui narrent, à qui sait les déchiffrer, toute l'histoire de l'univers enchanté de Kor et de Terre-Basse qu'il abrite.

— Entrons, maintenant, suggère Touchette. Il faut te hâter. Quand les choses seront à nouveau rentrées dans l'ordre, tu auras le loisir de revenir ici à ta guise. Je te le promets.

— La porte n'a ni poignée ni serrure, dit soudain Myra. Comment l'ouvre-t-on ?

Sans répondre, Touchette s'avance près du panneau de gauche et enfonce son index boudiné dans l'œil unique du serpent Tanal. On entend un petit déclic à peine audible et, dans le même temps, les deux battants commencent à s'entrouvrir pour livrer passage aux visiteuses.

Celles-ci pénètrent dans une antichambre baignée de pénombre.

— Je sens une présence, souffle Myra à l'oreille de sa compagne.

— Ah bon ? s'étonne celle-ci.

Elle regarde partout autour d'elle avant d'ajouter :

— Mais tu dois avoir raison, car tu possèdes des connaissances que je n'ai pas…

Myra regarde les portes qui, sans bruit, se referment lentement derrière elles. Tendue, tous ses sens en alerte, la jeune fille épie le demi-jour.

– Il y a une ombre qui plane…, affirme-t-elle. Non, *des* ombres… Elles sont là, à nous tourner autour. Je ne puis les voir, mais je sens leur présence menaçante.

Touchette observe avec attention la magicienne qui semble suivre un invisible ballet.

– Les Pénitents ? demande-t-elle dans un souffle.

– Oui, répond sa jeune protégée. Ils sont là, autour de nous.

– J'ai confiance en ton jugement, jeune fille, même si je ne les vois pas. Toi seule a la capacité de discerner leur malfaisante présence.

– Nous sommes entrées dans un lieu protégé, commente Myra. Il y a ici beaucoup d'énergie positive…

– C'est ce qui empêche les Pénitents de se manifester concrètement, explique Touchette.

– C'est vrai. Ils ne peuvent prendre corps que dans les lieux où l'équilibre des forces penche en leur faveur. Des endroits où l'énergie positive est faible et où les gens vivent inconscients du danger que leur présence représente.

– Ici, nous ne craignons rien, dit Touchette.

– Non, mais nous devons tenir compte du fait qu'ils sont là et qu'ils ont pu nous suivre jusqu'ici pour nous surveiller.

– Tu as raison, petite. S'ils sont ici, alors Ritter, le Prince oublié, sait que tu es vivante et que tu t'apprêtes à lui reprendre l'oiseau de Saïk.

– Pour l'effet de surprise, on repassera ! raille Myra.

– Ça vaut aussi pour toi par rapport au Prince, remarque Touchette. Tu sais qu'il sait…

– Une magicienne avertie en vaut deux ! C'est déjà quelque chose.

– Viens, dit l'aubergiste. Ne perdons pas de temps. Entrons.

Consciente du danger qui la menace, Myra suit son amie et toutes deux quittent l'antichambre obscure pour pénétrer dans la bibliothèque où sont rassemblés les plus précieux trésors de la vallée de Terre-Basse.

Dès qu'elles posent le pied dans la salle endormie, une vive lumière est projetée du dôme qui coiffe l'immense salle. Surprise, la magicienne lève la tête vers le plafond, où elle découvre une magnifique verrière blanc et or d'où semble émaner la lumière.

La bibliothèque, une vaste salle au toit en voûte supporté par dix immenses colonnes de marbre blanc strié de veines d'or, ressemble à s'y méprendre au chœur d'une grande cathédrale gothique.

Ici, le silence est absolu.

Myra est émerveillée par la beauté des trésors rassemblés en ce lieu. Des livres magnifiques, recouverts d'or et de pierres précieuses, témoignent du riche passé culturel et commercial de la vallée. Ces remarquables trésors, éclairés par la lumière surnaturelle provenant de la voûte de verre, paraissent vivants tant ils brillent de tous leurs feux.

Admirative, l'enchanteresse s'approche d'un grand livre posé sur un lutrin. Sa couverture en or est incrustée de gros diamants. Les pierres précieuses semblent constituées de lumière pure, tant elles sont transparentes et lumineuses.

– Je n'ai jamais rien vu de si beau, souffle la jeune fille.

Elle tend la main et effleure la couverture. À sa grande surprise, le livre s'ouvre aussitôt à la table des matières. Myra pousse un cri d'exclamation :

– Oh ! C'est prodigieux !

– Tous les livres rassemblés dans cette bibliothèque sont uniques, explique Touchette. Et, comme tu le découvriras un jour, chacun a sa magie propre…

– Je pourrais passer toute ma vie ici ! déclare la magicienne, enthousiasmée. J'ai tant de choses à apprendre !

Touchette, que ravit la naïveté de sa protégée, esquisse un tendre sourire avant de répondre :

– Tu as en effet beaucoup à apprendre, car tu es encore jeune. Les livres sont de merveilleux compagnons, j'en conviens. Mais tu n'y découvriras jamais l'essentiel.

Déçue, la jeune fille se tourne vers son amie et demande :

– Qu'est-ce que tu racontes ?

– La vérité : les livres sont des amis, des guides. Mais c'est en vivant pleinement ta vie que tu découvriras les vrais trésors qu'elle recèle.

Songeuse, Myra se tourne de nouveau vers le lutrin et prend le temps de lire la table des matières :

– Les habitants, le commerce, l'agriculture, le fleuve Dorin…

Lorsqu'elle pose son doigt sur cette ligne, le livre s'ouvre immédiatement à la page traitant du fleuve qui traverse la vallée de Terre-Basse pour se jeter dans la mer d'Auteuil.

– Je vois le fleuve couler ! s'écrie-t-elle. Là, dans le livre, je vois en plongée les paysages qui entourent le Dorin ! Je me rapproche à présent ! Comme si je survolais les eaux sombres du fleuve. Je les vois miroiter au soleil ! Un poisson ! J'ai vu sauter un poisson !

Touchette aimerait presser un peu sa protégée, mais elle se sent elle aussi gagnée par l'enthousiasme de la jeune fille qui découvre avec émerveillement les trésors que renferme la bibliothèque. Elle la voit s'apprêter à tourner la page. Geste inutile, car, comme si le grand livre devinait son intention, la page se soulève lentement, avec précaution, puis retombe de l'autre côté dans un froissement soyeux.

– Les pages sont en soie peinte ! s'exclame Myra que tant de beauté fascine.

Habituée à l'environnement austère d'une masure en bois perdue au milieu d'une forêt, la jeune magicienne ne peut que s'émerveiller devant les splendeurs qu'elle découvre.

Mais le temps file et la patronne de l'auberge s'impatiente.

– Oui, c'est magnifique, dit-elle, mais tu auras encore de multiples occasions de venir consulter les ouvrages conservés ici. À présent, tu dois te préparer à partir.

– Tu as raison, soupire Myra.

Elle s'arrache douloureusement de sa lecture. Elle souhaiterait tant pouvoir tenir dans ses mains chacun des joyaux que renferme la bibliothèque aux trésors. Elle voudrait avoir le temps de prendre chacun des livres, de les toucher tous, de les sentir, de les feuilleter, de les parcourir et, surtout, de les lire !

– Le temps presse ! lui rappelle Touchette en la tirant par le bras pour l'entraîner dans une des alcôves situées sur les côtés de la grande salle.

Ces niches, aménagées entre les colonnes, ressemblent aux petites chapelles latérales que l'on trouve dans les cathédrales et dans certaines églises importantes.

Faiblement éclairée par un plafonnier qui diffuse une lumière rougeâtre, l'alcôve contient un bric-à-brac d'objets hétéroclites. Certains sont posés sur une petite table en bois appuyée au mur du fond.

– Qu'est-ce que c'est ? s'informe Myra.

– Tu dois choisir les objets que tu emporteras avec toi et qui t'accompagneront tout le long de ton voyage.

La magicienne s'approche de la petite table et prend dans ses mains un grand sac carré, à bandoulière.

– C'est un objet magnifique, remarque la jeune fille qui admire le brocart qui le recouvre et les pierres précieuses dont il est orné. Mais je le trouve trop lourd. Il deviendrait vite encombrant.

Après avoir reposé le sac sur la table, elle s'empare d'un grand bâton en or et en argent. L'une des extrémités est sertie d'un diamant gros comme une pomme.

– C'est une belle pièce, fait Myra, admirative.

Après l'avoir examiné sous toutes les coutures et longuement soupesé, elle le repose sur la table.

– Il est trop lourd, lui aussi, et beaucoup trop voyant. Si je me trimbale avec ce bâton, j'aurai tous les malfrats et tous les coupe-jarrets du continent à mes trousses !

Elle se tourne vers l'amie fidèle qui se tient coite à ses côtés et lui murmure :

– Tu dois me trouver bien capricieuse !

– Ce sont tes choix. Tu dois les faire de manière judicieuse, répond Touchette. Une fois partie, tu devras composer avec ce que tu auras choisi d'emporter. Je ne puis t'aider, même si je le voulais.

Myra laisse échapper un soupir. Elle quitte la table et s'approche d'un grand coffre ouvert, placé dans un coin. Il déborde d'objets les plus précieux : tiares, diadèmes, couronnes, plastrons, bracelets, sceptres, tous en or massif et recouverts de pierres rares. Elle y trouve aussi de la vaisselle en or : des coupes finement ciselées, des assiettes, des plats, des bols de toutes les grandeurs.

– Je me demande bien pourquoi tous ces objets sont entassés ici, alors que dans notre masure nous n'avions chacune qu'un bol en bois et une cuiller, commente la magicienne, fortement intriguée.

Elle fouille négligemment parmi les colliers de perles et de pierres précieuses, les pendentifs et les amulettes en platine, en or, en argent, en vermeil.

Lasse de chercher en vain, elle s'apprête à renoncer.

– Je ne vois rien là d'utile…

Puis soudain, elle remarque un tas informe d'objets apparemment sans valeur jetés pêle-mêle sous la table.

– Qu'est-ce que c'est ? marmotte-t-elle.

Elle se penche sous le petit meuble pour mieux voir. Dans l'obscurité, elle devine que ce sont des objets qui ont beaucoup servi. Elle les prend et les dépose sur la table, à la lumière, pour mieux les examiner. Il y a là une vieille besace en peau de cerf, usée, certes, mais en excellent état, et un collier de corail auquel est suspendue une griffe d'ours gris des montagnes, l'emblème du clan des Xu ; les magiciennes ont choisi l'ours comme emblème pour son courage, sa force et sa persévérance. Elle découvre aussi une canne en bois noir et dur comme de l'ébène. Son pommeau est sculpté d'une massive tête d'ours à la gueule ouverte et menaçante. Enfin, discrètement caché parmi tous ces objets en apparence banals, Myra trouve un tout petit livre brun aux pages jaunies et écornées, recouvert d'une pauvre couverture en carton sans inscription. Lorsque la magicienne l'examine, elle se rend compte qu'il contient des cartes de pays inconnus, esquissées maladroitement à la main.

– Je crois que j'ai trouvé ce qu'il me faut ! lance joyeusement Myra à l'adresse de son accompagnatrice.

– Je le crois aussi, répond Touchette.

Ses yeux, où l'on peut lire de l'admiration pour la jeune fille qu'elle et son mari ont sauvée, s'emplissent de larmes.

– Je savais que tu réussirais.

Étonnée, Myra s'empresse de l'interroger :

– Ne me dis pas que c'était une troisième épreuve !

Devant le mutisme de son vis-à-vis, la jeune fille comprend que la réponse est « oui ».

– Tous les objets que tu vois rassemblés dans cette niche constituent le trésor des Xu, lui apprend l'aubergiste.

Myra fronce les sourcils avant de répondre :

– Xuda m'a parlé du trésor ayant appartenu tour à tour à toutes celles qui m'ont précédée. Jamais je n'aurais cru cependant qu'elles possédaient tant de richesses. Regarde ce sac magnifique ! Ces bijoux et ces colliers précieux !

– Les choses les plus précieuses sont souvent celles qu'on ne remarque pas.

– Que veux-tu dire ?

– Que tu as su choisir les seuls objets vraiment précieux, c'est-à-dire ceux qui te seront utiles dans ta quête. Tous les autres t'auraient encombrée.

— C'est pourquoi je les trouvais si lourds ! comprend Myra.

— Ils auraient ralenti ta marche. Ils seraient très rapidement devenus un fardeau si lourd que jamais tu n'aurais réussi à accomplir ta mission. En choisissant judicieusement, tu as mis toutes les chances de ton côté.

— Me voilà donc enfin prête pour le voyage ! déclare l'enchanteresse.

Les deux femmes s'étreignent longuement avant de se séparer.

— Au revoir, dit Touchette en essuyant une larme avec le coin de son grand tablier de cuir souple.

— Au revoir, ma chère Touchette. Fais mes amitiés à Jonas.

— N'oublie pas de revenir, ma chère petite. À ton retour, tu nous trouveras, Jonas et moi, toujours prêts à t'accueillir à l'auberge du Sanglier bleu et à te fournir toute l'aide dont tu pourrais avoir besoin.

— Je vous remercie tous les deux, répond chaleureusement Myra. Je vous emporte dans mon cœur, tout comme j'emporte le souvenir de notre chère Xuda.

Après avoir placé la besace sur son épaule et passé le collier de corail autour de son cou, la jeune magicienne ajuste sa cape noire.

— Me voilà vraiment prête, à présent, annonce-t-elle. Par où dois-je sortir ?

— Sers-toi du livre que tu as à la main. Il représente la clé qui te permettra de traverser toutes les frontières visibles et invisibles du continent de Kor.

Myra tient le livre sur le plat de sa main ouverte et s'adresse à lui.

– Dis moi : par où dois-je commencer mon périple ?

Au même moment, le petit livre usé s'ouvre directement à la page contenant un grossier dessin cartographique du marais de la Malemort.

– Le marais de la Malemort ! s'écrie la jeune fille.

La perspective de commencer son voyage en traversant ce lieu dont la seule évocation la fait tressaillir ne l'enchante guère. Mais elle se ressaisit. Elle sait qu'elle trouvera en elle la force de traverser cette terre hostile, car elle doit coûte que coûte retrouver l'oiseau de Saïk.

– Ce n'est pas le temps de se laisser abattre, se morigène-t-elle. Conduis-moi au marais, ordonne-t-elle au petit livre.

Bientôt, les murs de la bibliothèque ainsi que tous les trésors qu'elle renferme s'estompent sous ses yeux, comme avalés par un épais brouillard. Lorsque celui-ci se dissipe enfin, la jeune magicienne se retrouve, seule, sur une langue de terre noire qu'entoure une eau putride et nauséabonde.

Chapitre 6

Le marais de la Malemort

Le livre toujours ouvert dans sa main, Myra observe un moment le marais qui s'étend à perte de vue. L'eau noire et stagnante, où pousse, pêle-mêle, une maigre végétation composée surtout de bruyères, de roseaux et d'ajoncs, est partout.

« On croirait voir une mer à la fois liquide et végétale, songe la jeune magicienne. Cet endroit constitue un véritable labyrinthe. »

Lorsqu'elle lève les yeux vers le ciel, elle constate que celui-ci, en fait, est absent. Elle n'aperçoit qu'une masse laiteuse aux contours indéfinis.

« On croirait voir, de l'intérieur, le lourd couvercle en fonte sur une marmite », se dit la voyageuse.

De temps à autre, de petites lueurs rouges, jaunes ou vertes s'allument un instant parmi les branchages ou au-dessus de l'eau sombre.

« Qu'est-ce que sont ces lumières ? » se demande Myra.

S'agit-il d'inoffensives lucioles comme elle aimait en observer, lorsque Xuda et elle s'asseyaient, le soir, devant la porte de leur masure pour bavarder un brin avant d'aller au lit ? Une petite voix intérieure souffle à la jeune fille qu'elle doit se méfier des apparences et de ce qu'elle croit voir ici.

« Ce sont peut-être des leurres destinés à tromper et à perdre les voyageurs imprudents. »

Myra détache un instant son regard des étranges lucioles pour accorder son attention à la légère brume qui flotte à quelques centimètres au-dessus de l'eau. Une brume sulfureuse, légèrement phosphorescente, qui estompe les contours déjà flous du marécage. En contemplant l'eau noire qui apparaît ici et là au travers de la nappe de brume, elle croit deviner qu'une vie inquiétante se déroule, à l'insu de tous, au fond du marais. Elle sent les ombres qui rôdent, sans se manifester réellement.

« Le danger semble partout, ici », se dit la jeune magicienne.

Comme pour lui donner raison, un cri perçant déchire le silence, suivi de lamentations et de pleurs.

« Est-ce le bruit du vent dans les branches ? » se demande Myra.

Mais il n'y a pas de vent. Là où elle est visible, la surface de l'eau est lisse comme un miroir.

– Beaucoup de voyageurs se sont perdus ici. Happés par l'ombre du marais, ils continuent, au fond de l'eau noirâtre, à chercher leur chemin.

La magicienne sursaute en entendant cette voix familière lui confirmer ses soupçons.

– Xuda ! s'écrie-t-elle, rassurée par la présence de son vieux maître.

Elle remarque que, dans sa main, le petit livre s'est mis à trembler. Elle le referme immédiatement, mais est alors témoin d'un curieux phénomène : la couverture du livre prend vie et commence à se modifier.

Curieuse, Myra demande :

– Quel nouveau prodige me réserves-tu ? ma chère Xuda.

Elle contemple la couverture usée, d'un brun terne, qui se plisse avant de donner naissance à une image en trois dimensions : celle du visage de la vieille Xuda, qui l'a élevée comme sa fille. Les yeux de l'apprentie s'embuent aussitôt.

– Xuda ! Quelle joie de te retrouver ! dit-elle.

– Ne t'ai-je pas promis de toujours être près de toi ? répond la vieille magicienne dont le visage arbore un sourire malicieux.

– Je connais ce sourire, répond Myra. Tu es fière de toi, hein ? Tu as toujours adoré me surprendre.

– C'est vrai, avoue Xuda. Nous, les magiciennes du clan des Xu, aimons beaucoup jouer des tours. Mais, trêve de plaisanterie. J'ai senti que tu avais besoin de moi.

– Et comment ! s'écrie Myra. Je suis complètement perdue !

Puis, à voix basse, comme pour éviter d'être entendue par les espions du prince Ritter, elle ajoute :

– Je n'aime pas cet endroit.

– Moi non plus ! lui confie Xuda. Mais c'est un passage obligé pour trouver le château d'Ambal.

– Parlons-en, du château. Et d'abord de ce livre, dont tu ne m'as jamais révélé l'existence, lui reproche aussitôt son élève. Ni l'usage que je pourrais en faire.

– Chaque chose en son temps, mon enfant. Chaque chose en son temps, gronde gentiment la vieille dame. Tu ne t'imagines pas avoir tout appris en seulement quinze années de vie, quand même ! Tu es plus intelligente que cela.

Myra regarde le visage narquois de la vieille magicienne qui se plisse de nouveau dans un sourire malicieux :

– Arrête de te moquer de moi ! supplie-t-elle.

– Je ne me moque pas. Tu sais combien je t'aime.

– Tu es bien la seule ! soupire Myra.

– Et Touchette, alors ? Et Jonas ? Tu les oublies, il me semble, lui rappelle son mentor.

Myra hausse les épaules et se mord la lèvre avant de répondre :

– Non, bien sûr. Ils ont été formidables. Mais Touchette m'a bien fait comprendre que, désormais, je ne suis plus la bienvenue à Terre-Basse. Les habitants me jugent responsable des malheurs qui s'abattent sur eux depuis que Ritter s'est emparé de l'oiseau de Saïk.

– Cela ne durera qu'un temps, la rassure Xuda.

– Mais je n'ai nulle part où aller, se lamente Myra. Comme j'ai échoué dans la mission que tu m'avais confiée, je suis devenue un paria. Personne ne veut de moi. Même si je retournais me réfugier dans notre forêt enchantée de Tyr, ça ne changerait rien. Mon rôle était de protéger l'oiseau. Sans l'oiseau, c'est comme si je me retrouvais au chômage. Inutile.

La jeune magicienne ne peut empêcher les larmes de couler sur ses joues. Elle croit vivre un cauchemar, le pire cauchemar de tous : celui de n'avoir aucune place dans une société et d'en être, de ce fait, rejetée.

La vieille Xuda laisse s'écouler quelques instants avant de ramener sa pupille à la réalité.

– C'est terminé ? Mouche-toi un bon coup et passons maintenant aux choses sérieuses. Il ne sert à rien de t'apitoyer sur ton sort, car tu as des choses importantes à faire.

Myra hoquette entre deux sanglots, essuie ses joues et son nez, puis redresse les épaules avant de supplier :

– Aide-moi, Xuda. Je t'en prie. Je me sens si seule, si démunie.

– Je suis là pour ça, répond la vieille magicienne. Alors écoute attentivement.

Myra a retrouvé son calme à présent et elle peut de nouveau concentrer toute son attention sur le visage de Xuda apparu sur la couverture du livre qu'elle tient à la main.

– Ce livre que tu tiens constitue le joyau du clan des Xu.

– Un joyau ! Ce vieux livre tout abîmé ? s'étonne Myra.

– Ce « vieux livre tout abîmé », comme tu le décris, est notre bien le plus précieux. Jamais Ritter ne s'en emparera. Jamais !

– Tu m'avais dit la même chose au sujet de l'oiseau de Saïk, pleurniche la jeune fille.

Elle repense à son échec, qui lui semble plus cuisant que jamais. Le visage toujours rieur de Xuda devient tout à coup étrangement sérieux. La vieille femme fronce les sourcils avant d'expliquer :

– Le rapt de l'oiseau de fer était inscrit dans ta destinée. Tu n'as donc strictement rien à te reprocher. Pour ce qui est du livre, c'est différent.

– En quoi est-ce différent ? veut savoir Myra. Si je me suis montrée incapable de protéger l'oiseau contre Ritter, comment puis-je espérer empêcher Ritter de s'emparer aussi du livre ?

– Parce que le livre n'a pas besoin d'être protégé de Ritter. Il se protégera lui-même. Seule l'héritière du clan des Xu peut le tenir entre ses mains.

– Et si quelqu'un d'autre s'en emparait ? insiste Myra.

– Tu penses à Ritter ?

– Ou à n'importe lequel de ses sbires, répond la jeune fille.

– Dans ce cas, explique Xuda, il se réduirait aussitôt en poussière.

– Et tout serait perdu ? demande Myra, inquiète.

– Oui, si ce livre devait tomber en d'autres mains que les tiennes, toutes les informations et tous les sortilèges qu'il contient seraient à jamais perdus.

Un silence de mort s'est abattu sur le marais qui semble soudain s'être figé dans le clair-obscur qui l'enveloppe.

– Je te l'ai dit, poursuit la vieille Xuda, ce livre constitue le joyau du clan des Xu. Je vais maintenant t'expliquer pourquoi.

Pressentant que son mentor s'apprête à lui faire des révélations fascinantes, Myra retient son souffle.

– Ce livre est ce que nous avons de plus précieux parce qu'il contient le savoir accumulé par les milliers de magiciennes qui nous ont précédées depuis la nuit des temps. Ce livre n'a pas de prix.

– Toute la culture des Xu y est rassemblée, comprend soudain Myra.

– Oui. Ce sont nos ancêtres qui, par leur travail, leur talent et leur persévérance, ont fait de nous ce que nous sommes. Ce livre constitue le plus précieux des héritages. En vois-tu l'importance maintenant ?

Myra se sent soudain humble devant le livre, en apparence sans valeur, qu'elle tient dans la main.

– Oui, souffle-t-elle. À présent, je comprends la valeur inestimable du trésor que tu m'as confié et que je tiens à la main.

Sur la couverture, la face de Xuda semble se détendre un peu, révélant le bon visage ouvert que la jeune magicienne a toujours connu.

– Ce livre possède un nom secret que je vais te révéler. Plus tard, tu le transmettras à ton tour à celle que tu auras choisie comme élève.

– Quel est-il? demande Myra qui a hâte de savoir.

– Nous l'appelons le Livre d'heurs.

– Le Livre d'heures! s'étonne la jeune fille.

Comprenant sa méprise, Xuda lui épelle correctement le nom du livre.

– C'est le Livre d'heurs, *h-e-u-r-s*, précise-t-elle, car il constitue un porte-bonheur.

– Ah bon!

– Ce livre, continue Xuda, comme tous les livres intelligents, sera ton guide et ton plus fidèle compagnon. Il te suivra toute ta vie.

Myra se mord la lèvre. Elle ne veut pas vexer la vieille Xuda, mais il lui semble que ce livre, rempli de cartes géographiques grossièrement dessinées, de formules et de signes étranges, ne peut pas lui être bien utile.

– Tu doutes de ce que je te dis, n'est-ce pas? la sermonne gentiment la vieille magicienne. C'est parce que tu regardes les choses avec tes yeux et non avec ton cœur, comme je te l'ai enseigné.

– C'est vrai, avoue Myra. J'ai beaucoup de mal à voir la réelle valeur de ce vieux livre aux pages jaunies et écornées, à la couverture sans attrait.

– Fais attention à ce que tu dis, ma fille! lance Xuda. C'est mon visage que tu vois sur la couverture!

Myra s'esclaffe. La vieille Xuda n'a pas perdu son sens de l'humour.

– Excuse-moi, tu sais ce que je voulais dire.

– Bien sûr, ma chère enfant. Mais n'oublie jamais que ce livre est le seul guide capable de te conduire au château d'Ambal, le fief de Ritter, le Prince oublié.

– Je m'en souviendrai, assure la jeune fille.

Autour d'elle, elle sent que des ombres se faufilent, invisibles, dans la pénombre permanente qui baigne le marais. De nouveau, elle entend des lamentations, des pleurs, des cris qui, tous, semblent surgir des profondeurs de l'eau noire. Faisant fi de ces distractions, elle concentre son attention sur le visage de Xuda qui poursuit ses explications :

– Le Livre d'heurs, comme tous les bons livres, est le seul guide sur lequel tu pourras compter dans les moments difficiles, quand tu seras seule pour faire tes choix.

– Comment saurai-je que je ne me trompe pas ? s'enquiert la jeune magicienne.

– À partir de maintenant, tu dois te fier uniquement à ton intuition, comme je te l'ai enseigné. Car seule ton intuition te permettra de déchiffrer les cartes et les énigmes que contient ce livre.

– Me fier à ma seule intuition..., répète Myra en s'appliquant à retenir la leçon.

– Toute l'éducation que je t'ai donnée avait pour seul but d'aiguiser ce sens trop souvent méprisé chez les gens simples de Terre-Basse.

Maintenant, tu dois mettre en application tout ce que je t'ai enseigné.

– Je ferai de mon mieux, je te le promets, jure Myra.

La brume qui recouvre partiellement le marais semble devenir plus dense à présent et se rapprocher de la langue de terre noire sur laquelle se tient Myra en grande conversation avec son mentor, la vieille Xuda, dont le bon visage est apparu sur la couverture du Livre d'heurs, le trésor des Xu.

– Je te confie à présent le secret le mieux gardé du continent de Kor, dit Xuda, dont la voix vibrante est parcourue de trémolos. Le château d'Ambal, séjour du Prince oublié, est un mirage.

– Quoi ? s'écrie Myra. Tu veux dire qu'il n'existe pas !

Xuda pince un peu les lèvres avant de répondre :

– Il existe, mais personne d'autre que les magiciennes du clan des Xu n'a encore réussi à s'y rendre. Le château d'Ambal est aussi mouvant que les nuages dans un ciel d'automne. Comme eux, il s'effiloche dès qu'on tente de s'en approcher ou d'y pénétrer.

Myra se sent plus anéantie qu'encouragée par cette troublante révélation.

– Comment, dans ces conditions, puis-je espérer le découvrir et ainsi ramener un jour l'oiseau de Saïk à Terre-Basse ? se désole la jeune magicienne.

– Tu réussiras ! lui affirme Xuda. Tout comme j'ai moi-même réussi avant toi et comme ont réussi, chacune à leur tour, toutes les magiciennes du clan des Xu qui nous ont précédées depuis que le monde est monde.

Myra n'en croit pas ses oreilles.

– Tu veux dire, s'exclame-t-elle, que toi aussi tu as échoué ? Que toi aussi, tu as dû partir à la recherche de l'oiseau enlevé par le Prince oublié pour le ramener ?

– Tu crois que tu es la seule à avoir laissé Ritter s'emparer de l'oiseau de Saïk ? Ah ! Il faut être bien jeune pour être aussi prétentieuse, ajoute, moqueuse, la vieille Xuda.

Myra, incrédule, reste bouche bée devant cet aveu.

– Je te l'ai dit : le rapt de l'oiseau de fer était inscrit dans ta destinée. Comme il était inscrit dans la destinée de chacune de celles qui sont venues avant toi.

– Je n'arrive pas à y croire, avoue la jeune fille.

– Je vais te dévoiler un autre secret important : ce qui fait la force des Xu, c'est leur capacité à transformer leurs échecs en victoires. C'est ainsi que nous devenons plus fortes à chaque génération.

– Je croyais que j'étais la seule…

– Tu as simplement oublié que les forces en présence, celles de l'ombre et celle de la lumière, perdent et gagnent en alternance. Car pour savoir gagner, il faut d'abord apprendre à perdre.

– Je me sentais si nulle après le rapt de l'oiseau, se remémore Myra.

Souriante, Xuda tente de la consoler :

– Tu te sentais nulle parce que tu pensais avoir échoué. Tu te croyais faible, indigne de ma confiance, n'est-ce pas ?

Myra renifle bruyamment et contient ses larmes avec peine.

– Oui, avoue-t-elle. C'est exactement ce que je ressentais. Ça et la douleur d'être rejetée par toute la vallée. De ne plus y avoir ma place.

Les deux femmes restent un long moment à écouter les bruissements du marais. Les longs sanglots, les plaintes tristes qui s'en élèvent donnent la chair de poule.

– Tu entends ces sinistres murmures ? demande soudain Xuda à sa protégée.

– Oui.

– Le château d'Ambal, je te l'ai dit, est comme un mirage. Quand tu crois l'avoir découvert, il se dissipe et disparaît en fumée sous tes yeux. Beaucoup de voyageurs, partis à la recherche de ce château maudit, se sont ainsi perdus à jamais. Ce sont leurs plaintes que tu entends. Ils errent à jamais dans une nuit sans fin.

Myra frissonne en pensant à ces malheureux, dont elle espère éviter le funeste sort.

– N'aie crainte, la rassure Xuda. Le Livre d'heurs te guidera.

– Mais les cartes qu'il contient sont si grossièrement esquissées ! se récrie Myra.

— Elles *semblent* grossièrement esquissées, la reprend aussitôt Xuda. Mais ces cartes sont les plus précises qui soient. Réfléchis deux secondes.

L'interpellée regarde le visage de son mentor sans comprendre. Sans se laisser démonter par l'incompréhension qu'elle lit dans les yeux de son élève, Xuda poursuit :

— Comment pourrait-on dresser des cartes précises d'un monde aussi imprécis qu'un mirage ? Cela n'a aucun sens !

Piquée dans son orgueil, Myra se renfrogne, avant de donner raison à son aînée.

— Je te le répète, dit celle-ci, ne te fie pas à ce que tu vois, mais à ce que tu ressens. Tes yeux ne te seront d'aucun secours, car ils te tromperont. Ici, tu es au royaume de l'ombre. Seuls ton intuition et le Livre d'heures te seront utiles.

— Je m'en souviendrai, promet Myra.

— Ne te fie à rien ni à personne.

— Je te le promets, déclare Myra.

— Le marais de la Malemort est le domaine de prédilection des Pénitents. Ceux-ci feront tout ce qui est en leur pouvoir pour te retenir ici à jamais, comme les autres malheureux que tu entends geindre au fond de l'eau.

Myra lève la tête et observe le marécage. De petites lueurs trouent la pénombre, ici et là.

— Ne te fie pas à ce que tu vois ni à ce que tu entends, répète encore Xuda.

La brume étend sa nappe sulfureuse au-dessus de l'eau, estompant davantage les contours déjà flous du marécage.

— Le danger est partout, insiste la vieille magicienne, dont le visage s'efface lentement.

Myra, son attention concentrée sur l'eau et la brume, n'est pas consciente du phénomène. Elle devine qu'une vie étrange se déroule dans les fonds marécageux. Lorsqu'elle regarde de nouveau le Livre d'heurs, le visage de Xuda a disparu et la couverture a repris sa forme.

— Adieu, Xuda, murmure l'enchanteresse. Et merci !

La jeune fille hésite à s'avancer dans l'eau du marais. Elle craint de se noyer et de rejoindre pour toujours la cohorte des voyageurs perdus.

« Quelle est la profondeur de cette eau ? se demande-t-elle. Est-ce qu'un gouffre sans fond s'ouvre sous la surface en apparence calme de l'eau ? Un abysse infini, conduisant directement au royaume imprécis de Ritter, le Prince oublié ? À moins que cette eau putride n'abrite des créatures de l'ombre qui n'attendent que le moment où je m'avancerai dans l'onde pour s'emparer de moi et me faire disparaître à jamais. »

Les pensées les plus sombres hantent l'esprit de la jeune fille.

« Ne te fie pas à ce que tu vois, mais à ce que tu ressens. »

Les paroles de la vieille Xuda s'imposent d'elles-mêmes.

— Montre-moi le chemin, ordonne-t-elle au Livre d'heurs.

À son grand étonnement, elle constate qu'aussitôt un chemin lumineux se trace devant elle. On dirait une piste éclairée pour un atter-rissage de nuit, qui pénètre profondément dans le marais de la Malemort.

La jeune magicienne hésite encore une seconde, puis fait un pas en avant et entre dans l'eau noire. À sa grande surprise, son pied ren-contre non pas la surface molle de l'onde, mais la terre ferme. Prenant bien soin de rester au centre du chemin balisé, elle continue d'avancer.

Elle s'enfonce ainsi peu à peu au cœur du marais.

Une nuée de lucioles rouges, vertes et bleues viennent virevolter autour de sa tête, tentant en vain de lui faire perdre sa concentration et de l'attirer hors du chemin balisé. Fixant le chemin lumineux qui s'efface aussitôt après son passage, la jeune magicienne avance avec précaution dans les eaux troubles du marais.

Au bout d'un moment qui lui paraît une éternité, elle distingue au loin ce qui semble être les feux d'un campement.

Chapitre 7

Une sinistre demeure

Myra se dirige vers la vive lumière qui émane du feu de camp et qu'elle a aperçue au loin. La lumière rouge, jaune, blanc et bleu éclaire la pénombre, et chasse les ombres du marécage. Il est tentant pour le voyageur de mettre le cap sur cette lueur dansante qui, dans la tête de beaucoup, est associée à un refuge et à un bon repas chaud. Cependant, la jeune magicienne se tient sur ses gardes, car elle se souvient des recommandations de la vieille Xuda : « Ne te fie pas à ce que tu vois, mais à ce que tu ressens. »

Myra s'arrête donc à une bonne distance du campement pour l'observer. Elle se tient immobile, au milieu du chemin lumineux qu'elle suit depuis que son mentor l'a de nouveau quittée, et murmure pour elle-même :

– Quelque chose me dit de me méfier de ce lieu.

Écoutant son intuition, comme le lui a enseigné Xuda, elle décide de ranger le Livre d'heurs qu'elle tient toujours à la main. Elle le place dans la vieille besace qu'elle porte suspendue à son épaule et que dissimule le grand manteau de feutre qui ne l'a jamais quittée depuis son départ de la forêt enchantée de Tyr.

Depuis qu'elle a entrepris son périple, Myra a découvert qu'il lui suffisait de plonger la main dans le vieux sac en peau pour trouver la nourriture et l'eau dont elle a besoin pour survivre. Encore un pratique héritage magique des Xu ! Mais le sac lui réserve d'autres surprises. Après y avoir déposé le Livre d'heurs, elle constate que, contrairement à toute attente, le sac ne s'alourdit pas.

– Bizarre, se dit la jeune magicienne.

Étonnée du phénomène, elle ouvre le sac et y jette un regard.

– Vide ! s'écrie-t-elle. Il est vide !

Elle plonge aussitôt la main dans la besace et sent alors la présence du livre, pourtant devenu totalement invisible, comme s'il n'y était pas.

– J'ai encore beaucoup à découvrir de la magie des Xu, conclut la jeune fille.

Il suffit en fait à la jeune magicienne de *vouloir* prendre quelque chose dans le sac pour qu'elle le trouve.

– Pratique, dit Myra en s'adressant mentalement à la vieille Xuda.

La voyageuse sait, à présent, que son mentor l'accompagnera tout le long du difficile chemin qu'elle doit parcourir.

– Merci, lui dit-elle simplement.

Après avoir soigneusement refermé les pans de son large manteau sur la besace magique, Myra s'avance en direction du feu de camp. Plus elle s'approche et plus ses sens sont en alerte. Le feu ne lui dit rien qui vaille.

« Ce grand feu qui brûle sans jamais baisser d'intensité me rappelle ceux que les écumeurs de mer allument sur les falaises du pays de La Grenais », songe la jeune magicienne.

Dans la région de Terre-Basse, ces bandits sont redoutés de tous les marins, car ceux-ci savent que, les soirs de tempête, les pirates allument des feux pour attirer les navires vers les brisants où ils se fracassent. Les pillards peuvent alors s'emparer de la marchandise qui flotte jusqu'au rivage. Leur commerce est fort lucratif puisque, même si les habitants de Terre-Basse refusent de transiger avec ces scélérats qui n'hésitent pas à mettre la vie des autres en danger pour s'enrichir, ceux de certaines villes de la côte se posent moins de questions sur la provenance des marchandises qu'ils achètent...

Myra frissonne à ce souvenir et serre fort les pans de sa cape dans son poing gauche. Dans l'autre main, elle tient sa canne au pommeau orné d'une tête d'ours. C'est ainsi qu'elle parvient enfin devant le gigantesque feu de camp.

« Il est froid ! » constate, très étonnée, la voyageuse.

Curieusement, en effet, le feu qui flamboie sans faiblir ne dégage aucune chaleur. Myra le contourne prudemment et découvre, cachée derrière, une bien étrange habitation.

« Qui peut bien habiter cette demeure ? » se demande-t-elle.

La cabane qu'elle vient de découvrir est entièrement construite en os. Elle est constituée d'un enchevêtrement savant de grands tibias, d'omoplates, de côtes, de défenses et de panaches.

« C'est plutôt sinistre, pense Myra, qui ne peut s'empêcher de trembler. Je n'aimerais pas habiter dans un tel lieu. »

Le grand feu a été allumé devant l'ouverture ovale, masquée par une peau, qui sert de porte d'entrée à l'étonnante construction. Myra s'avance vers l'ouverture et demande :

– Il y a quelqu'un ?

Elle observe la peau, lorsque celle-ci se soulève brusquement pour livrer passage à une jeune fille que Myra s'empresse de détailler. « Elle a mon âge, à peu près… », songe la magicienne.

Plus frêle qu'elle-même, l'adolescente devant elle est simplement vêtue d'une robe brune, sans manches et dépourvue d'ornements. Son visage, un ovale parfait, est totalement inexpressif. Il ne présente aucune caractéristique particulière : la jeune fille a une bouche fine, bien dessinée, un petit nez court et droit ainsi que des sourcils joliment arqués au-dessus de petits yeux noisette qui ne traduisent aucun sentiment.

Les deux adolescentes se regardent un long moment sans échanger une parole. Le feu qui éclaire le corps de l'inconnue donne des reflets cuivrés à sa peau plutôt pâle.

C'est l'enchanteresse qui, la première, rompt le silence.

– Bonjour, dit-elle.

L'inconnue esquisse un sourire énigmatique, mais ne répond pas au salut. Myra songe à poursuivre sa route sans s'attarder, lorsque l'inconnue soulève de nouveau la peau qui ferme l'entrée de la cabane en os et l'invite à entrer.

La magicienne se sent lasse tout à coup. C'est donc sans hésiter qu'elle accepte la muette invitation à se reposer un moment avant de continuer sa route. Elle suit son hôte et pénètre à l'intérieur de la macabre construction, où une surprise de taille l'attend. La voyageuse s'attendait à y trouver le même enchevêtrement d'os qu'à l'extérieur. Elle est donc stupéfaite lorsqu'elle découvre avec émerveillement les beautés insoupçonnées que recèle la cabane.

Incapable de bouger, elle demeure bouche bée durant plusieurs secondes.

– J'ai l'impression de me trouver à l'intérieur d'une gigantesque améthyste, murmure Myra.

La forêt enchantée de Tyr, où les magiciennes des Xu ont établi leur demeure, est truffée de ces pierres merveilleuses qui savent si bien cacher leurs secrets aux yeux des ignorants. La beauté de la pierre est dissimulée à l'intérieur d'une coque grossière, gris et vert, qu'un œil non averti ne saurait remarquer.

– Cette maison est comme les améthystes de Tyr, se répète Myra. Son extérieur est rébarbatif, mais une fois qu'on y a pénétré, on ne voudrait jamais en sortir !

L'intérieur de la hutte, dont les murs et le plafond sont tapissés de pierres précieuses et d'or, brille de mille feux or et violet. Ces pierres aux reflets sombres rutilent d'une lumière admirable.

– C'est fabuleux ! s'exclame Myra qui n'a jamais rien vu d'aussi remarquable.

D'un geste, l'hôtesse de l'étrange maison l'invite à s'asseoir au centre de la pièce où brûle un brasero. On y a placé une grosse bouilloire en cuivre qui laisse échapper une épaisse vapeur, odorante comme de la myrrhe. Le sol est tapissé de moelleux tapis de haute laine et de soie décorés de curieux motifs, inconnus de la jeune magicienne des Xu.

L'hôtesse, toujours muette, tend la main vers Myra pour l'inviter à se débarrasser de son long manteau avant de s'asseoir. Celle-ci refuse poliment.

– Je préfère garder mon manteau, si ça ne vous gêne pas, dit-elle.

Elle prend ensuite place devant le brasero qui, étrangement, ne dégage pas de chaleur, lui non plus. Son bâton de marche orné d'une tête d'ours posé sur ses genoux, sa cape soigneusement repliée sous elle, Myra observe sa jeune hôtesse qui s'affaire autour du brasero.

« Elle ressemble plus à une servante qu'à la propriétaire de cette somptueuse demeure », pense la magicienne. Elle se dit que la véritable maîtresse de céans doit être occupée ailleurs et qu'elle se présentera plus tard.

Fatiguée par le voyage et par toutes les émotions qu'elle a vécues récemment, la jeune enchanteresse sent ses paupières s'alourdir.

« C'est curieux, se dit-elle, il fait terriblement chaud ici, et pourtant le brasero ne dégage aucune chaleur… »

Ses membres s'engourdissent peu à peu. Ils sont si lourds, constate Myra, qu'elle ne peut même plus bouger le bout du petit doigt !

Incapable de lutter contre le sommeil qui la gagne, la magicienne s'abandonne à la langueur qui envahit son corps. À travers ses paupières mi-closes, elle remarque que les murs et le plafond de la hutte s'estompent. L'épaisse vapeur qui s'échappe de la bouilloire en cuivre envahit à présent tout l'espace. Puis, la vapeur disparaît à son tour et Myra se voit soudain entourée de lumières multicolores.

– C'est tellement beau ! murmure-t-elle. Je ne veux plus jamais quitter cet endroit. Je m'y sens si bien !

La chaleur qui règne dans la pièce unique alanguit la voyageuse épuisée par son long périple.

– Je suis si fatiguée, dit-elle. Je t'en supplie, Xuda ! Laisse-moi demeurer ici et me reposer.

À présent, la magicienne est incapable de garder les yeux ouverts. Elle entend alors une musique de fête : des trompettes, des cymbales et des tambours résonnent au loin. Puis les notes joyeuses d'un orgue de Barbarie se mêlent à l'orchestre.

– Une kermesse ! se réjouit Myra.

Telle une enfant, elle ouvre des yeux ébahis. Elle voit alors la jeune servante, debout devant elle, qui l'invite à la suivre dehors, là d'où proviennent les bruits de la fête.

Cette musique, si particulière, lui rappelle la seule fois où, quand elle était enfant, Xuda avait accepté de l'emmener à la foire de La Marande. L'enchanteresse se sent terriblement émue au souvenir de cet épisode si heureux de sa vie et qui revit dans sa mémoire.

« J'avais cinq ans », se souvient-elle.

Pour récompenser la fillette, la vieille magicienne avait décidé de descendre dans la vallée pour aller à la foire annuelle du chef-lieu qui a lieu chaque année au début de l'automne.

Perdue dans ses souvenirs heureux, Myra accepte de suivre la jeune servante qui l'entraîne dehors. Époustouflée, elle découvre que des forains se sont installés tout autour de la hutte en os. Les odeurs de caramel, de sucre, de gaufres chaudes et de noix grillées lui chatouillent aussitôt les narines.

« Ç'a été le plus beau moment de ma vie ! » se souvient la voyageuse, qui arbore à présent un sourire béat.

Devant la cabane, une grande roue a remplacé le feu. Elle tourne, tourne, et illumine le ciel de toutes ses lumières rouges, jaunes, bleues et blanches.

– C'est magnifique ! s'écrie Myra. C'est comme dans mon souvenir !

Sur sa gauche, juste à côté de la grande roue, elle découvre le magnifique carrousel blanc et or où les chevaux de bois se poursuivent dans une cavalcade sans fin. Les yeux brillants, la magicienne s'approche du manège.

– Les chevaux sont aussi beaux que dans mon souvenir, murmure-t-elle.

Leurs robes noires, blanches, grises et brunes brillent sous les lumières. Leurs harnais et leurs selles sont incrustés de pierreries qui scintillent dans la lumière d'or. Myra s'avance un peu plus et reconnaît le grand cheval noir, cabré, qu'elle avait monté ce jour-là.

« C'était le plus beau de tous ! » se souvient-elle.

Elle se sent toujours aussi attirée par le cheval et le magnifique carrousel, étincelant de lumières.

– On croirait un gros gâteau à la crème, orné de sucreries ! commente Myra.

– Tu veux chevaucher de nouveau ton cheval de bois ? susurre la servante à son oreille.

Celle-ci s'est rapprochée sans bruit. L'enchanteresse, éblouie par le spectacle qu'elle revit, n'a pas remarqué sa présence.

– Donne-moi ta canne et ton manteau, fait l'inconnue. Tu seras plus à l'aise pour monter ce fougueux cheval qui n'attend que toi.

Myra hésite un court instant. Mais les brumes qui envahissent son esprit sont insuffisantes pour lui faire accepter de confier à une parfaite inconnue des objets aussi précieux que son manteau de feutre noir et sa canne ornée d'un pommeau à tête d'ours. Aussi décline-t-elle poliment l'invitation :

– Je vous remercie. Je préfère les garder avec moi.

Elle grimpe aussitôt sur le manège qui tournoie et prend place sur sa monture préférée : un grand cheval de guerre qui se cabre et hennit silencieusement. Dès qu'elle s'est installée, la magicienne se sent grisée par la musique dont le tempo s'accélère. Il lui semble que les notes pénètrent dans chacune de ses cellules, envahissant ainsi tout son être. La vitesse du manège augmente à une rapidité déconcertante. Le carrousel tourne de plus en plus vite. La grande roue a disparu, tout comme les stands de tir et les comptoirs de confiseries. Myra ne voit plus rien qu'un scintillement de lumières multicolores. Agrippée à la crinière du grand cheval, elle est emportée par le mouvement sans cesse croissant du manège qui semble pris d'une soudaine folie.

– Donne-moi ta canne…

– Donne-moi ton manteau…

– Donne-moi ta besace…

Grisée par la fièvre de la foire, la magicienne entend un millier de voix lui commander de se défaire de tout ce qu'elle a de plus précieux.

– Donne-moi ta canne…

– Donne-moi ton manteau…

– Donne-moi ta besace…

Ces suppliques se mêlent à la musique qui, à présent, connaît des ratés. « On dirait une mécanique qui s'enraye », songe Myra.

Des fausses notes, de plus en plus nombreuses, et des crissements désagréables viennent soudain troubler l'harmonie de la musique de foire qu'elle aime tant. La magicienne a tout à coup la désagréable impression de tourner en rond, non pas sur un manège, mais dans une pièce.

Les lumières, auparavant si agréables, lui blessent à présent les yeux et les sons discordants de la musique lui écorchent les oreilles. Aussi soudainement qu'elle l'avait quittée, Myra est revenue au centre de la hutte en os, assise au même endroit.

Autour d'elle, les murs violet et or, aussi beaux que des cristaux d'améthyste, ont disparu comme par enchantement. Myra constate avec effroi que des ombres sinistres l'entourent et tentent de lui arracher ses biens.

– Donne-nous ta canne…

– Donne-nous ton manteau…

– Donne-nous ta besace…

Ces phrases ne sonnent pas comme de la musique aux oreilles de la magicienne, mais comme de lugubres croassements. Elle recouvre aussitôt ses esprits et se rend compte avec stupeur que la servante a de plus en plus de difficulté à conserver sa forme.

– Les Pénitents ! s'écrie-t-elle.

Elle voit que celle qu'elle prenait pour une servante oscille entre l'image de la parfaite jeune fille et celle, sinistre, d'une effroyable sorcière. Celle-ci grimace en dévoilant ses dents noires, acérées comme des lames de rasoir. Puis ses mains fines se transforment soudain en serres griffues.

Myra remarque avec épouvante que la vilaine sorcière n'est plus seule et qu'une bande de ses semblables s'est jointe à elle. Les sorcières entourent Myra qu'elles tentent d'agripper avec leurs griffes coupantes.

En chœur, elles réclament :

– Donne-nous ta canne…

– Donne-nous ton manteau…

– Donne-nous ta besace…

Myra, qui à présent a retrouvé tous ses moyens, se lève d'un bond. Elle brandit devant elle sa canne magique.

– Assez ! ordonne-t-elle aux Pénitents. Vous n'obtiendrez rien de moi !

D'un geste rageur, elle frappe le sol du bout de sa canne. Celle-ci se met aussitôt à osciller. Soudain, le pommeau émet une lumière dorée, éblouissante, et l'ours qui l'ornait apparaît, gigantesque et lumineux, au centre de la hutte.

– Grrr ! Grrr !

Ses grognements font trembler l'habitation. En peu de temps, les ombres qui tentaient de dépouiller Myra de ses biens pour la perdre se dissolvent comme la vapeur qui sortait de la bouilloire de cuivre placée sur le brasero. Dès qu'elles se sont éclipsées, l'ours de lumière disparaît à son tour, et la canne de bois dur et noir reprend son apparence habituelle.

Bientôt, il ne reste plus des Pénitents que leurs cris sinistres, qui s'éteignent peu à peu dans la nuit.

Myra se retrouve seule, au milieu de la hutte qui n'est plus que ce qu'elle est vraiment : un tas d'os blanchis.

Chapitre 8

La voix de la Forêt

Hurlant des injures dégoûtantes, les ombres des Pénitents se sont enfuies, abandonnant Myra debout au milieu du marais de la Malemort. La jeune magicienne s'appuie lourdement sur sa canne en bois dur pour reprendre non seulement son souffle, mais aussi ses esprits.

– J'ai bien failli me faire avoir, murmure la jeune fille. Xuda m'avait pourtant prévenue…

L'enchanteresse comprend à cet instant combien il est difficile d'échapper aux mirages du monde des ombres.

« Tout paraissait si réel ! se rappelle Myra avec effroi. Les Pénitents se sont emparés du plus heureux de mes souvenirs pour tenter de m'endormir. » Ç'avait été si facile pour la jeune voyageuse de se laisser emporter par la magie d'un jour heureux, resté à jamais gravé dans sa mémoire.

« Je serai plus vigilante à l'avenir », se promet Myra. Elle sait que, tout le long de la route, les Pénitents tendront à nouveau leurs rets pour essayer de la surprendre et de l'engluer à tout jamais dans leurs pièges.

« C'est vrai que c'était tentant de tout abandonner : ma quête, ma solitude, ma peur, mes incertitudes, songe Myra. Ç'aurait été si simple de me laisser glisser tout doucement dans le rêve. »

Rêveuse, elle pousse un long soupir :

– Ah ! Vivre à jamais dans le bonheur ! Retrouver la douceur engendrée par mon meilleur souvenir !

Elle sait cependant que tout cela n'était qu'illusion. Que si les Pénitents avaient réussi à s'emparer de son manteau et de sa canne magique elle se serait aussitôt retrouvée sans protection. Le rêve se serait alors transformé en cauchemar, car, livrée à elle-même, sans protection, il aurait été facile aux Pénitents de l'entraîner au fond du marais. Les plaintes sinistres et les pleurs déchirants qui s'échappent des fonds marécageux ne laissent aucun doute sur la douleur et la peine que ressentent les voyageurs perdus, trompés par les Pénitents. Myra ne peut s'empêcher de frissonner lorsqu'elle songe au funeste destin auquel elle a, de justesse, échappé.

Elle prête ensuite attention au chemin lumineux qui s'ouvre devant elle et qui attend pour la conduire au château d'Ambal. C'est là que le Prince oublié a enfermé l'oiseau de Saïk qu'il retient prisonnier.

– En route ! fait la vaillante magicienne comme pour s'encourager. Il faut continuer. J'ai assez perdu de temps !

C'est d'un pas décidé qu'elle reprend sa marche. L'enchanteresse se promet, cette fois, de demeurer plus vigilante et de ne plus se laisser tromper par les artifices que déploient les Pénitents pour la faire dévier de sa route.

Myra remarque bientôt que le paysage se modifie sous ses yeux. L'eau du marais et la brume jaunâtre qui flotte à la surface semblent s'estomper, jusqu'à disparaître. La jeune femme s'applique à suivre les balises du sentier lumineux pour éviter de se perdre.

Elle pénètre alors dans une forêt qui lui rappelle la forêt enchantée de Tyr, où les magiciennes du clan des Xu ont élu domicile depuis l'origine du monde. La bruyère, les ajoncs et les roseaux du marais ont maintenant cédé la place à des arbres majestueux. Véritables titans végétaux, ceux-ci élèvent à l'infini leurs troncs gris dont l'écorce, douce et lisse comme de la soie, chatoie sous la lumière argentée qui baigne la forêt.

La jeune magicienne se souvient tout à coup avec nostalgie de la forêt de Tyr qu'elle a dû quitter après le départ de Xuda.

— La forêt de Tyr me manque terriblement, murmure Myra pour elle-même. Il y a si longtemps que je ne l'ai vue !

Soudain, une voix profonde résonne aux oreilles de la jeune fille, à qui elle demande :

— Quelle est donc cette forêt dont tu te souviens et qui t'empêche d'admirer les beautés de celle que tu as sous les yeux ?

La voix grave semble provenir des profondeurs mêmes de la terre.

– Je… Mais…, bredouille Myra, surprise.

La jeune fille se croyait seule. Elle s'arrête aussitôt de marcher pour observer la forêt qui l'entoure.

– Je ne vois pas âme qui vive…

En effet, autour de la voyageuse, tout est calme et silencieux. Personne à l'horizon. Seulement une forêt impeccablement entretenue. « Curieux, songe Myra. On croirait même que cette forêt a été balayée récemment ! »

Aucune feuille, aucun brin d'herbe ne jonche le sol, qui ressemble plus au sol en terre battue d'une pauvre habitation qu'à celui d'une forêt. La jeune fille n'a jamais vu une forêt semblable, qui ne semble habitée par aucun animal, aucun insecte, aucun oiseau.

« Cette forêt n'est pas normale », se dit Myra. Inquiète, elle reste sur ses gardes, tous ses sens en alerte. Partout où porte son regard, elle ne découvre, à perte de vue, que les troncs immenses des géants végétaux. « Il n'y a pas même une fleur ! Pas le moindre petit champignon à l'horizon ! » s'étonne Myra qui connaît bien les forêts.

Pour se donner du courage, la magicienne serre plus fort la canne dans sa main. Elle demande ensuite :

– Qui va là ?

Le sol se met aussitôt à trembler sous ses pieds. Myra doit s'appuyer au tronc soyeux d'un des grands arbres pour éviter de tomber.

– C'est moi, la Forêt ! répond la voix caverneuse que la jeune fille a entendue plus tôt. Faites donc attention où vous mettez les pieds ! Et d'abord, qui êtes-vous, vous qui me marchez dessus sans vergogne ?

– Oh ! fait la magicienne. Excusez-moi ! Je m'appelle Myra.

Intimidée par la voix, la jeune fille tente de se faire légère comme une plume afin de ne pas indisposer la Forêt à son égard.

– Je vous en prie, dit la voix. Asseyez-vous donc ! Ça vous évitera de faire des bêtises et de me blesser. C'est si facile de commettre un impair quand on voyage en pays inconnu.

L'enchanteresse trouve la voix de la Forêt plutôt engageante, même si elle fait trembler le sol à chaque intonation. Elle décide donc d'accepter l'invitation qu'on vient de lui faire et de s'asseoir au pied de l'arbre sur lequel elle avait trouvé appui.

– Les arbres autour de vous sont des Titans, explique la voix de la Forêt. Ils sont sans âge. C'est vous dire qu'ils en ont vu d'autres. Vous n'avez rien à craindre, ils ne vous feront aucun mal.

Les sens en alerte, Myra demeure méfiante. Elle accepte cependant de s'adosser au tronc d'un Titan pour se reposer un peu. Elle découvre avec stupéfaction que celui-ci n'est pas dur et rugueux comme ceux des arbres de la forêt de Tyr, mais moelleux et doux au toucher.

– Détendez-vous, lui conseille la voix de la Forêt. Déposez vos affaires, là, à côté de vous.

Nous allons bavarder un moment. J'ai rarement de la visite, vous savez.

Myra serre les pans de son manteau sur sa poitrine et pose sa canne sur ses genoux repliés. Elle ne se sent pas assez en confiance pour se défaire des objets qui l'accompagnent dans son périple.

– Vous voyagez seule ? s'informe la Forêt. C'est plutôt rare…

Myra hoche la tête sans répondre ni oui ni non. Elle se méfie de cette étrange forêt où l'on ne remarque pas une feuille par terre. Elle lève les yeux vers la cime des grands arbres. Aussi loin que porte son regard, elle ne voit aucun feuillage. Seulement des troncs lisses et soyeux, aussi droits que des poteaux.

De plus, hormis la voix de la Forêt, Myra ne perçoit aucun son. Elle songe avec nostalgie à la forêt enchantée de Tyr qui constitue un véritable refuge pour tous les animaux. La forêt de Tyr bruisse jour et nuit des mille conversations de ses habitants. Le chant des oiseaux, les striddu-lations des insectes, les hululements nocturnes emplissent de vie les bois où se sont installées les magiciennes du clan des Xu. Ces enchanteresses parlent les langues de toutes les bêtes et aucune n'a de secret pour elles.

Ici, curieusement, on n'entend pas un son, pas un bruit, pas même un froissement.

– Je n'ai jamais vu de forêt comme celle-ci, dit Myra, où il n'y a pas un feulement, pas un glapissement. Pas un murmure. Rien.

– Ah non ? fait la Forêt. C'est que vous êtes encore jeune…

La magicienne se dit que, si elle était humaine, la voix de la Forêt serait doucereuse. À ses oreilles, elle sonne comme une menace. Sans rien montrer de son trouble, elle répond :

– C'est que chez moi, dans la forêt de Tyr, il y a toutes sortes d'animaux qui parlent. Nous avons des coqs sauvages. Leur plumage magique a la propriété de colorer de mille feux le feuillage des arbres sur lesquels ils se posent, transfigurant ainsi, chaque seconde, l'aspect de la forêt. Nous avons aussi des rats conteurs que nous prenons plaisir à écouter pendant des heures…

– Comme c'est intéressant, tout ça ! coupe la Forêt. Et qu'avez-vous d'autre encore que je n'ai pas ?

– Des champignons, répond aussitôt Myra. Au pied de certains arbres poussent des champignons-coussins. Ils sont gigantesques ! Lorsque vous vous assoyez dessus, ils peuvent vous transporter à des lieues de là, en une fraction de seconde seulement.

– Prodigieux ! s'exclame la Forêt. Tout simplement prodigieux ! Et amusant aussi.

Le silence retombe un long moment avant que la voix de la Forêt ne le rompe.

– Est-ce que vous vous amusez ici ? demande-t-elle à la voyageuse.

– Oui, bien sûr, bredouille Myra. Mais j'ai encore une longue route à faire.

La magicienne fait mine de se lever pour poursuivre son voyage, lorsque la terre se met de nouveau à trembler. Déséquilibrée, Myra est contrainte de se rasseoir.

– Excusez-moi, dit-elle. J'aimerais beaucoup continuer à bavarder avec vous, mais je dois partir à présent.

– Ne partez pas si vite, gronde la voix caverneuse de la Forêt. Vous venez à peine d'arriver !

– Je dois partir, répète Myra.

La jeune fille commence à ressentir un malaise de plus en plus grand devant l'insistance de la Forêt. Elle prend appui sur sa canne et commence à se lever. Elle veut à tout prix prendre congé pendant qu'elle le peut encore. Au moment où elle parvient enfin à se mettre debout, une ombre géante assombrit soudain le ciel, plongeant la forêt dans une obscurité totale.

« Impossible de discerner mes mains, tant la noirceur est opaque », constate Myra.

Les battements de son cœur s'accélèrent. « Encore un piège ! » comprend la voyageuse, maintenant secouée de tous côtés. Pour demeurer debout, elle doit s'agripper au tronc soyeux d'un Titan, sinon elle risque à tout moment d'être projetée par terre et de se blesser, tant les secousses sont violentes.

Accrochée au tronc d'un des arbres géants, Myra réussit à frapper le sol de sa canne magique. Du pommeau sculpté jaillit une lumière vive.

– Aïe ! Mais faites donc attention ! gémit la Forêt.

La lumière projetée par la canne permet à Myra d'évaluer la situation. Elle découvre avec stupeur qu'elle se trouve enfermée dans la forêt comme dans un cachot.

– Laissez-moi partir ! ordonne-t-elle en frappant de nouveau le sol de sa canne. Sinon, il vous en cuira.

– Aïe ! se lamente encore la Forêt.

Cependant, elle obtempère à l'injonction de la magicienne. Myra cesse immédiatement de se sentir secouée comme des graines dans une calebasse et la lumière réapparaît.

Ayant retrouvé son équilibre, Myra serre dans sa main libre la griffe d'ours qu'elle porte au cou, suspendue au collier de corail, et lui ordonne :

– Sors-moi de là !

Le collier se met à vibrer et à scintiller d'une lumière rougeâtre. Aussitôt Myra commence à grandir. Elle grandit, grandit, à toute allure, jusqu'à rejoindre la cime des gigantesques arbres.

Devenue elle aussi une géante, la magicienne comprend avec terreur qu'elle ne se trouvait pas du tout dans une forêt, comme elle le croyait, mais dans la chevelure d'un cyclope ! « Tout à l'heure, c'est sa main qui a obscurci le ciel ! » déduit-elle.

Sans perdre une seconde de plus, Myra, ayant atteint la taille d'une montagne, défie le monstre qui lui fait face. La tête du cyclope est ornée d'une magnifique chevelure grise qui retombe sur des épaules larges comme les hauts plateaux qui surplombent la vallée de Terre-Basse. Elle oscille de droite à gauche et, au milieu du front, l'œil unique flamboie de colère.

– Vous allez mourir ! gronde le monstre.

Un rictus dévoile une rangée de dents noircies, longues et tranchantes comme le fil d'une épée.

– Je vais vous dévorer ! crache le géant blanc de colère.

Lorsqu'il fait un pas en direction de Myra, le sol tremble comme si la terre menaçait de s'ouvrir à tout instant pour les engloutir. Rassemblant son courage, la jeune magicienne demeure immobile, brandissant sa canne comme un javelot. Soudain, lorsqu'elle juge le monstre à la bonne distance, elle lance la canne de toutes ses forces en direction de l'œil unique du cyclope. L'arme atteint sa cible et Myra voit alors une nuée d'ombres se disperser dans le ciel au-dessus d'elle.

– Les Pénitents ! s'écrie-t-elle en récupérant la canne magique, qui revient d'elle-même se placer dans sa main.

Les espions du Prince oublié ont tenté encore une fois, mais sans succès, de s'emparer du manteau de feutre et de la canne de l'enchanteresse.

Telle une volée de chauves-souris, les ombres des Pénitents s'éloignent dans un épais nuage sombre qui obscurcit le ciel. Une fois qu'elles ont disparu, Myra retrouve la solitude du marais où brille le chemin lumineux qu'elle doit suivre pour parvenir au château d'Ambal, où se cache Ritter.

« Est-ce que j'y arriverai un jour ? » se demande Myra que le doute assaille.

Chapitre 9

Le puits noir

Gagnée par le doute insidieux qui l'envahit, Myra contemple la vaste étendue lacustre et la brume sulfureuse qui flotte à sa surface.

« Le lieu est hanté », songe la jeune magicienne en se rappelant les derniers événements qui se sont produits.

En effet, le marais de la Malemort est peuplé par les fantômes des voyageurs trompés par les Pénitents qui vivent, eux aussi, enchaînés au lieu maudit, asservis par Ritter, le seigneur d'Ambal.

« Je peux sentir les ombres circuler partout autour de moi, se dit Myra. Elles sont là, à m'épier et à tenter de me faire dévier de ma route. »

L'enchanteresse comprend à l'instant que le chemin lumineux qu'elle suit depuis son départ de La Marande ne constitue pas un gage de réussite, car il disparaît trop souvent dans la brume de ses souvenirs heureux. Les Pénitents se servent de ses plus beaux, de ses plus heureux souvenirs pour la perdre, vient-elle de saisir.

La jeune voyageuse s'attendait à affronter le Mal face à face, comme elle l'avait fait dans le cas de Ritter quand il s'était attaqué à l'oiseau de Saïk après que tous deux eussent pris place dans la gondole fleurie du port de La Marande.

« Le Mal, j'étais prête à le combattre, se dit Myra. Comme l'ont combattu avant moi toutes les magiciennes du clan des Xu. C'est notre travail. Nous sommes formées pour cela. J'ai avec moi tous les talismans que m'a transmis Xuda pour me protéger. »

Elle pense au collier de corail auquel est suspendue une griffe d'ours, au Livre d'heurs invisible, dissimulé dans sa besace enchantée. Elle songe aussi au grand manteau de feutre noir qui ne l'a jamais quittée et qui agit comme une présence protectrice, celle de la vieille Xuda qui l'a tant aimée et qu'elle-même a aimée comme une mère.

« J'étais prête à affronter de terribles épreuves. Je me serais mesurée aux plus terrifiants dragons pour les terrasser, j'aurais escaladé les montagnes les plus escarpées, franchi les ravins les plus profonds. Les tempêtes, les vents violents, les orages, la pluie, la grêle ne me faisaient pas peur. »

Elle jette un regard désabusé sur le marais aux eaux noires et stagnantes qui s'étend autour d'elle, à l'infini.

« Jamais je n'aurais hésité une seule seconde à m'enfoncer dans les profondeurs de la terre du continent de Kor peuplé de monstres hideux. Pour retrouver l'oiseau de Saïk, j'étais prête à affronter le pire. » La destinée de la jeune fille, comme de toutes les magiciennes du clan des Xu, est de faire face aux pires dangers qui menacent constamment la paix du monde de Terre-Basse.

« Mais jamais je n'aurais cru qu'on se servirait de ce que je possède de plus beau, de plus précieux, pour m'anéantir. »

Myra fixe un long moment l'eau noire et profonde d'où s'échappent des soupirs, des lamentations et des pleurs qui se mêlent subrepticement à ses tristes réflexions.

« Les souvenirs heureux constituent souvent notre seule richesse, me répétait Xuda. » Émue au souvenir de la vieille magicienne qui l'a élevée, Myra essuie une larme.

« Pour me perdre, les ombres à la solde de Ritter ont choisi de s'en prendre à ce que j'ai de plus cher », constate Myra. Peinée de cette découverte, elle sent une bouffée de colère s'élever dans son cœur. Elle serre les mâchoires et promet : « Je ne vous laisserai pas ternir mes plus beaux souvenirs ! J'ai enfin compris votre tactique. À partir de maintenant, je serai encore plus vigilante ! »

La magicienne décide de se remettre en route en continuant à suivre les balises du sentier lumineux qui serpente toujours à travers le sinistre marais de la Malemort.

Maintenant qu'elle a compris le manège pervers de son adversaire, il lui semble que les ombres qui se faufilent autour d'elle dans la pénombre paraissent plus précises. Elle les voit plus distinctement. Les Pénitents se déplacent furtivement autour d'elle et au-dessus de sa tête. Ils sont partout, à rôder et à chercher l'occasion de faire basculer définitivement la jeune magicienne du clan des Xu dans leur monde.

« Les ombres planent comme une menace permanente », pense Myra.

De chaque côté d'elle s'élèvent à présent des chuchotements et des bruissements suspects qui trahissent la présence dans le marais des espions de Ritter.

« Leur tactique est des plus habiles », se dit la voyageuse.

En y réfléchissant, Myra convient qu'il est en effet plus facile de demeurer prisonnier des bons souvenirs que de ceux qui restent pénibles dans la mémoire.

« Les moments heureux de la vie ne subsistent que dans la mémoire de ceux et de celles qui les ont vécus. Ils n'ont de réalité que dans les souvenirs. Pourquoi alors s'y accrocher ? »

À ce moment, la magicienne comprend à quel point le départ de Xuda l'a affectée. « Je me suis sentie abandonnée, délaissée, trahie, même ! »

Alors que toute sa formation d'enchanteresse du clan des Xu menait à ce moment ultime où l'élève doit finalement prendre la place de son maître, Myra a refusé d'accepter le départ de Xuda.

« Je me suis sentie trahie, abandonnée, alors que ton départ, ma chère Xuda, s'inscrivait dans la logique des choses… »

Il demeure néanmoins que le brusque départ de la vieille magicienne a pris son élève par surprise et l'a bouleversée au plus haut point. Toute à ses réflexions, Myra adresse cette pensée à son aînée : « Je sais que tu seras toujours près de moi, ma chère Xuda. Tu me l'as prouvé à maintes reprises, déjà. Mais il reste que c'est ta présence physique, si chaleureuse, si rassurante, qui me manque tant ! »

Même si le départ de Xuda était logique, les plus jeunes devant succéder à leurs aînés, il a rendu l'adolescente plus fragile. La peine qu'elle ressent depuis qu'elle est seule éclate soudain dans le cœur de la jeune magicienne, qui ne peut plus refouler ses larmes.

« Oh ! Xuda ! Tu me manques tant ! Tu étais ma seule famille, ma seule véritable amie ! »

Myra comprend qu'elle a le cœur lourd depuis que la vieille enchanteresse l'a laissée en lui confiant une mission qu'elle juge beaucoup trop lourde pour elle : celle de protéger l'oiseau de Saïk qui, pour tous les habitants de Terre-Basse, représente l'espoir. « Avec toute cette peine atroce que je ressens, se dit-elle tout en sanglotant, il n'est pas étonnant que les Pénitents se soient servis de mes souvenirs heureux pour me piéger ! J'aurais tout donné pour retrouver, et ne plus jamais quitter, ces jours les plus heureux de ma vie ! »

Devant son désespoir, Myra prend soudain conscience combien il est plus facile de se réfugier dans le monde du rêve que de faire face à la réalité de sa peine et aux difficultés du moment.

« C'est vrai, admet la jeune fille, je désire au plus haut point quitter ce marais de malheur ! Je voudrais qu'il n'y ait jamais eu d'oiseau de Saïk, de Prince oublié, de Terre-Basse. Je suis malheureuse, et je veux fuir cette situation que je déteste ! »

Myra voudrait pouvoir remonter le temps. Elle pourrait ainsi retourner plusieurs mois en arrière et retrouver le monde heureux de l'enfance qui était le sien avant le départ impromptu de Xuda.

« Tout était si facile alors ! » se lamente intérieurement Myra.

À cette époque sans souci de sa vie, la jeune apprentie n'avait qu'un seul travail, celui d'apprendre ce que lui enseignait son aînée. Et les leçons de la vieille femme ressemblaient plus à un jeu qu'à un pensum. En compagnie de son mentor, la petite fille heureuse d'alors passait des heures et des heures à parcourir la forêt enchantée de Tyr. Elle apprenait à parler aux arbres anciens, à ces vénérables qui détiennent, inscrit dans les anneaux de leur tronc, tout le savoir du monde. Insouciante, la petite Myra apprenait à écouter le bavardage des oiseaux voyageurs qui lui contaient, à leur retour, les merveilles du monde situé au-delà du continent de Kor. « Que d'heures merveilleuses j'ai passées à écouter le récit des voyageurs ! » se remémore l'adolescente.

En ce moment précis, Myra aspire de tout son être à échapper au sinistre marais de la

Malemort et à retrouver le monde enchanté de la forêt de Tyr. Tout comme elle souhaite de toute son âme retrouver la masure où Xuda et elle habitaient, leur refuge. Perdue dans ses souvenirs, Myra peut sentir l'odeur rassurante de la vieille cabane ceinturée d'arbres plusieurs fois millénaires. Elle se rappelle avec netteté l'odeur des herbes séchées suspendues au plafond et dont Xuda se servait pour concocter ses médicaments et ses potions magiques. La vieille femme n'avait qu'une idée en tête : faire le bien et protéger tous les êtres vivant à Terre-Basse. Pour Myra, seule au milieu du sinistre marais de la Malemort, la pauvre cahute construite au cœur de la forêt magique de Tyr représente le plus doux et le plus tranquille des refuges.

« Et ce refuge, songe Myra, j'ai dû le quitter brutalement. »

Les sanglots et les pleurs de la voyageuse esseulée couvrent à présent ceux qui sortent des eaux putrides du marais.

– Quand tu es partie, Xuda, lance l'adolescente, rageuse, j'ai dû quitter tout cela : l'abri de notre masure et celui de notre forêt. Pourquoi ?

Myra sent soudain une énorme colère exploser en elle.

– Pourquoi, Xuda ? crie-t-elle. Pourquoi ?

Son cri se répercute en écho dans l'immensité du marais, puis s'éteint, comme l'espoir au cœur de la jeune fille en pleurs.

– Pourquoi ? répète sans cesse Myra. Pourquoi m'as-tu quittée ?

Seuls les pleurs et les sanglots des voyageurs perdus répondent à ceux de l'adolescente, alors qu'une profonde colère contre la vieille magicienne qui l'a élevée s'installe dans son cœur meurtri.

– C'est à cause de toi, Xuda, si je suis si malheureuse ! peste la jeune fille. C'est à cause de toi, de ton égoïsme, si j'ai dû quitter la forêt enchantée de Tyr ! Je te déteste, Xuda ! Je te déteste !

Elle regarde le lugubre marais qui l'entoure et se demande ce qu'elle fait à cet endroit.

– Pourquoi suis-je ici ? Au milieu de nulle part, hurle-t-elle. J'en ai assez, tu m'entends, Xuda ? J'en ai assez ! Tout cela n'a aucun sens !

Anéantie par la douleur qui l'accable et par le désespoir qui envahit son âme, Myra se laisse tomber par terre où elle pleure à chaudes larmes. Des larmes qui semblent intarissables.

– Je refuse de continuer, pleurniche Myra. Je refuse d'aller plus loin, tu m'entends, Xuda ? Ça suffit. J'en ai assez !

La jeune fille se sent comme vidée de son âme. Tous les événements passés de sa vie lui paraissent à présent absurdes et vains.

– Rien de tout cela n'a de sens, répète la jeune magicienne.

Elle voudrait mourir. Que Ritter apparaisse tout à coup dans le ciel et que, chevauchant sa monture infernale, il la foudroie !

– Réduis-moi en cendres ! hurle Myra à l'adresse du ciel. Et qu'on n'en parle plus.

Mais le ciel bas du marais demeure désespérément vide. Nulle trace du Prince oublié armé de son épée ni de son destrier de l'enfer dont les naseaux crachent le feu.

– Je suis seule, voilà la vérité, geint Myra. Je ne veux plus continuer. Cette quête est insensée et futile.

La jeune magicienne des Xu se sent plongée dans un chagrin incommensurable en songeant que, depuis le départ de la vieille enchanteresse, elle est seule au monde.

– Seule, se répète-t-elle inlassablement. Je suis toute seule depuis que Xuda est partie en m'abandonnant. Pourquoi continuer ? Pour qui ?

Tremblant de tous ses membres, transie, épuisée par les pleurs, Myra songe qu'à l'époque où elle vivait avec la vieille magicienne toute sa vie paraissait avoir un sens. Les magiciennes du clan des Xu, si elles sont craintes des habitants de Terre-Basse, sont aussi très respectées par ceux-ci, car la paix, la prospérité et l'harmonie de la vallée dépendent essentiellement de leur travail.

Assise à quelques centimètres des eaux troubles et sombres du marais, Myra voit défiler dans sa tête tous les événements marquants de sa très courte vie. Tout de suite après le départ de Xuda, la jeune fille s'est retrouvée seule, loin de l'abri sûr que constituait pour elle la masure au cœur de la forêt enchantée de Tyr. Elle se revoit ensuite devant le Prince oublié, incapable de remplacer efficacement son mentor et de protéger l'oiseau de Saïk, comme l'avaient fait toutes les autres magiciennes avant elle. « C'est à ce moment-là que ma descente aux enfers a commencé », se souvient Myra en pleurant.

Après que Ritter s'était emparé de l'oiseau de Saïk, Myra, ayant été incapable de l'en empêcher, avait été rejetée par l'ensemble des habitants de La Marande et de Terre-Basse. Ceux-ci, dans leur ignorance, la croyaient à la source de tous les malheurs qui s'abattaient sur eux. Après sa défaite dans son face-à-face avec le Prince oublié, Myra avait dû fuir comme une criminelle pour ne pas risquer d'être mise à mal par la population en colère.

Elle pense avec regret aux braves aubergistes du Sanglier bleu qui l'ont protégée dans ces moments difficiles. « Leur présence affectueuse, se remémore-t-elle, ainsi que leur indéfectible amitié sont les seuls bons souvenirs qu'il me reste de cette époque effroyable. »

La jeune magicienne se dit que, depuis son départ du refuge que représentaient l'auberge du Sanglier bleu et l'hôtel de ville de La Marande, sa vie n'a plus été qu'une fuite en avant, un véritable enfer.

– Je n'en peux plus, sanglote Myra. Je suis à bout.

À présent, ses pleurs se mêlent, sans que l'on puisse les distinguer, à ceux des autres voyageurs égarés dans le marais.

Le désespoir est pire que la mort. Et le cœur de la voyageuse est maintenant rempli d'un infini désespoir qui la prive du secours de tous les talismans qu'elle a emportés avec elle.

Aucune lumière ne peut atteindre le fond du puits sombre dans lequel Myra est tombée. La magicienne inconsolable est maintenant prête à se laisser couler dans les eaux glauques et noires de la désolation qui l'a envahie, ces eaux si semblables à celles du marécage qui retiennent pour toujours prisonniers les voyageurs qui s'y sont égarés.

Myra a l'impression que des ombres resserrent leur emprise. Les Pénitents la retiennent prisonnière du puits noir et sans fond où, abandonnée de tous, sans soutien, sans amis, sans famille, elle va mourir, seule.

Incapable de réagir, l'adolescente, qui se sent prête à accepter le pire, adresse une dernière pensée à son aînée : « Xuda ! Tu étais ma seule famille, ma seule amie. Pourquoi m'as-tu abandonnée ? »

Au moment où la voyageuse, épuisée, envisage de plonger dans l'eau putride du marais pour y sombrer, une voix familière retentit à ses côtés :

– Je ne t'ai pas abandonnée, mon enfant.

– Xuda ? fait Myra, étonnée.

La jeune fille se retourne et, à sa stupéfaction, découvre près d'elle la figure familière de la vieille femme qui l'a recueillie à sa naissance. La vieille magicienne se dresse au milieu du sentier lumineux que Myra, dans son désespoir, avait perdu de vue.

– Xuda ! s'exclame l'adolescente. Xuda !

Elle se lève d'un bond et, sans hésiter, se précipite dans les bras de son mentor, qu'elle ne croyait jamais revoir.

Chapitre 10

Xuda

À la vue de son cher maître se tenant devant elle, Myra, épuisée par trop de douleur, s'effondre et éclate en sanglots.

— Xuda! dit-elle entre deux hoquets, je n'y arriverai jamais!

La vieille magicienne aide sa pupille à se remettre debout et la console du mieux qu'elle peut:

— Là, là, c'est terminé maintenant. Je suis près de toi.

Myra se réfugie entre les bras tendus de sa mère adoptive. Elle trouve si bon de s'abandonner à la douceur d'un abri retrouvé. Elle songe avec regret qu'elle n'aurait jamais dû quitter le confort douillet que lui assurait la vie avec Xuda dans la forêt enchantée de Tyr.

— Je n'étais pas prête, sanglote la jeune fille.

— On n'est jamais prêt à quitter ceux qu'on aime pour affronter les vicissitudes de la vie, dit Xuda en caressant tendrement les cheveux de sa jeune protégée.

Maternelle, elle la serre plus fort dans ses bras et répète :

– C'est terminé à présent. Je suis là.

– Je suis si heureuse de te voir de retour, lui confie Myra. Je n'en pouvais tout simplement plus de vivre ainsi, en marge, rejetée de tous, en quête d'un but à atteindre et qui me paraît impossible.

Elle sanglote de plus belle, contente de pouvoir enfin se débarrasser du trop lourd fardeau qui l'opprimait.

– Oh ! Xuda, supplie l'adolescente, retournons chez nous. Retrouvons vite notre chère maison au creux de la forêt.

– Oui, oui, lui murmure Xuda à l'oreille. Je suis venue pour cela. Je vais te ramener à Tyr où nous reprendrons, là où nous l'avons laissé, le cours de notre vie heureuse.

Enfin soulagée du poids qui l'affligeait, la jeune magicienne se redresse et quitte l'abri des bras de son aînée. Elle regarde la veille femme devant elle, simplement vêtue d'une robe de soie pourpre, et lui adresse un pauvre sourire. Les paroles que vient de prononcer Xuda sont exactement celles que Myra désirait entendre depuis qu'elle a échoué dans sa mission de protéger l'oiseau de Saïk.

– Oui, je veux retrouver notre maison…, répète Myra.

Elle se souvient des odeurs familières, celles des herbes mises à sécher qui embaument, et aussi des animaux et des arbres de la forêt avec

126

lesquels elle prenait plaisir à converser de longues heures durant.

– Tout cela me manque tant !

La jeune voyageuse ne veut plus souffrir. Elle aspire seulement à retrouver les jours insouciants de son enfance et à revivre des heures paisibles et heureuses auprès de son maître.

– Il te reste tant de choses à m'apprendre encore !

– C'est vrai, admet la vieille magicienne. Je continuerai à t'enseigner toutes ces choses que tu souhaites tant connaître. Viens, à présent. Je te ramène à Tyr.

Myra est si heureuse que Xuda dise enfin ces mots qu'elle souhaitait de toute son âme entendre, qu'elle ne remarque pas que le chemin lumineux a soudain disparu. En l'absence du chemin magique, les noires eaux marécageuses, qui avec les ajoncs, les roseaux et les bruyères forment une étrange mosaïque, s'étendent maintenant sans fin, encerclant les deux magiciennes.

– Il est si facile de se perdre, ici, commente Myra en contemplant l'étendue d'eau sur laquelle flotte une brume diaphane et d'où s'échappent des lamentations à vous glacer le sang et des cris à donner la chair de poule.

À perte de vue, tout est si semblable, sans relief ni aucun point de repère.

– Viens, répète Xuda. Suis-moi.

La jeune voyageuse est sur le point d'obéir à l'ordre de son mentor lorsque, tout à coup, elle se sent troublée.

– Qu'est-ce que j'ai ? s'étonne-t-elle. Mon cœur devrait déborder de joie à l'idée de retourner à Tyr, mais ce n'est pas ce que je ressens. Que se passe-t-il donc ?

– Viens, suis-moi, répète inlassablement Xuda qui s'est éloignée et qui commence à s'enfoncer au cœur du marécage.

Alertée par le trouble qu'elle ressent, Myra regarde la vieille femme qui, à quelques mètres d'elle, lui tend la main et l'invite à la suivre.

« C'est curieux que Xuda abandonne si facilement l'oiseau à Ritter », réfléchit la jeune fille.

Ce détail, en apparence insignifiant, s'impose à son esprit et la bouleverse au plus haut point.

– Viens, répète encore Xuda. Mon cœur de mère ne peut souffrir plus longtemps de te voir désespérée. Rentrons chez nous.

Dans la tête de Myra, les pensées se bousculent et se heurtent aux paroles rassurantes de Xuda, créant ainsi une extrême confusion dans l'esprit de la jeune magicienne.

« Xuda m'aime, se dit-elle. Elle veut me protéger. »

– Viens, répète une autre fois sa compagne. Rentrons.

Malgré son puissant désir de quitter le marais et de retourner dans la forêt enchantée de Tyr, la jeune magicienne ne peut s'empêcher de s'arrêter et de réfléchir à ce qui la trouble : « La Xuda qui m'a élevée avait un sens des responsabilités très développé. »

L'adolescente pense à l'oiseau de Saïk que les magiciennes du clan des Xu ont pour mission, depuis la nuit des temps, de protéger.

– L'oiseau…, murmure-t-elle entre ses dents. Toute l'existence de Xuda n'a eu qu'un seul but : protéger l'oiseau de fer. Jamais elle n'aurait failli à son devoir. Jamais elle n'aurait laissé l'oiseau à Ritter sans tenter de le reprendre !

– Viens… Viens…, répète sans se lasser la vieille femme qui n'attend que Myra pour s'enfoncer plus avant dans le marais de la Malemort. Viens…

Myra observe longuement Xuda qui l'appelle sans relâche. Elle lui paraît tout à coup si menue, si vieille, si fatiguée. Elle se sent aussitôt prise de remords.

« Xuda était trop fatiguée pour poursuivre sa mission, songe la jeune fille. C'est pourquoi elle m'a passé le flambeau. »

– Viens ! Suis-moi…

La frêle silhouette dans la robe de soie pourpre se met soudain à trembler.

– Viens… J'ai froid, se plaint la chétive petite vieille que la jeune fille aime tant.

Sans hésiter, Myra enlève son chaud manteau de feutre noir et se précipite vers sa mère adoptive pour la couvrir et la protéger du froid qui l'accable.

« Les vieillards sont si frileux », se dit Myra, pleine de compassion.

Elle enveloppe sa chère Xuda dans le grand manteau qui était le sien et qu'elle lui a légué.

Elle la prend ensuite à son tour dans ses bras pour la réchauffer et la réconforter.

– Oui, dit-elle. Quittons vite cet horrible marais et rentrons chez nous.

À ce moment, un épouvantable grognement retentit juste derrière elle. La jeune magicienne fait aussitôt volte-face. Consternée, elle se retrouve face à un gigantesque ours brun. Le terrible animal, venu de nulle part, se tient debout devant elle, la gueule grande ouverte, écumant de bave grisâtre.

– Grrr ! Grrr !

Sans réfléchir une seconde, Myra se place immédiatement entre l'énorme bête qui les menace et sa chère Xuda qu'elle cherche à protéger, même au péril de sa propre vie. Les yeux du fabuleux animal, qui, debout sur ses pattes arrière, fait au moins trente mètres de haut, flamboient de colère. L'ours géant, dont les grognements infernaux font trembler tout le marais, semble animé d'une fureur sans borne.

– Grrr ! Grrr !

Grognant et grondant de plus belle, il tend ses énormes pattes griffues en direction des deux magiciennes, qu'il tente de saisir pour les déchiqueter.

– Grrr ! Grrr !

N'écoutant que son courage, Myra s'avance vers le monstre pour l'empêcher de s'attaquer à Xuda, la personne qu'elle aime le plus au monde. Faisant rempart de son corps, elle menace la bête de sa canne magique et lui ordonne :

– Arrière ! Arrière !

L'injonction semble cependant produire l'effet inverse de celui escompté par la jeune femme. Devant l'obstination de cette dernière, la fureur du monstre semble redoubler. L'ours fait mine de se jeter sur la magicienne pour la dévorer, puis s'arrête brusquement avant de se dresser de nouveau sur ses pattes de derrière.

– Grrr ! Grrr !

Terrifiée par les horribles grognements de l'animal, Myra recule d'un pas. Mais son désir de protéger la frêle Xuda contre l'effroyable monstre s'avère plus fort que sa peur. Après avoir hésité une fraction de seconde, la jeune fille se remet à avancer en direction du gigantesque animal. Brandissant encore une fois sa canne magique, Myra menace sans fléchir la bête infernale.

– Arrière ! hurle-t-elle. Arrière ou tu mourras !

Dès qu'elle a fini de prononcer ces paroles, la canne magique s'échappe de ses mains et vole jusque dans une des pattes de devant du monstre, qui a encore grandi, au point d'être devenu aussi gros qu'une montagne !

– Quel est ce prodige ? s'étonne Myra.

Sans hésiter cette fois, elle se précipite en direction de l'ours pour lui reprendre la canne en bois noir et dur comme de l'ébène, laquelle, depuis que le monde est monde, n'a jamais quitté le clan des Xu.

– Rends-moi cette canne ! hurle la jeune fille à l'adresse de l'ours.

Aussi vif que l'éclair, la bête recule, empêchant ainsi Myra de s'emparer de la canne des Xu. Malgré sa taille démesurée, l'ours brun demeure agile. Pleine de rage, Myra poursuit l'animal en le menaçant de sa seule personne. Le manège semble plutôt amuser le monstre, qui prévoit tous les coups et réussit ainsi à les esquiver facilement.

– Rends-moi cette canne ! crie encore Myra, lancée à la poursuite de l'ours.

Toute à sa rage, la jeune fille ne fait pas attention et trébuche sur une racine qui affleure à la surface du sol. Elle tombe face contre terre aux pieds du terrible animal qui la domine de toute sa hauteur.

Dans sa chute, la besace qu'elle porte toujours en bandoulière s'ouvre brusquement et laisse s'échapper le Livre d'heurs qui se retrouve, grand ouvert, entre Myra et la bête infernale. Même si elle se sent un peu étourdie par sa chute, Myra s'empresse de se relever pour récupérer le précieux ouvrage, joyau de la maison des Xu.

Elle s'apprête à le reprendre lorsque, stupéfaite, elle voit apparaître au centre des pages ouvertes le mot *XUDA,* écrit en lettres de feu, comme si quelqu'un avait imprimé au fer rouge dans le précieux livre le nom de son mentor.

Ahurie par ce phénomène mystérieux, Myra ne peut détacher son regard des lettres qui flamboient au milieu du Livre d'heurs. Elle se sent hypnotisée par le mot *XUDA* comme une souris par le regard pénétrant d'un reptile.

Soudain, avant que la jeune fille ait pu s'arracher à la fascination qu'exercent sur elle les lettres flamboyantes qui forment le nom de son maître, une barrière de feu s'élève du livre qu'elle contemple. Les flammes dressent à présent un mur infranchissable entre elle et la bête monstrueuse dont les yeux lancent des éclairs de rage. Le pelage brun et lustré de l'animal prend lui aussi la couleur rouge et jaune des flammes qui l'éclairent. En une fraction de seconde, la lumière se fait dans l'esprit de la jeune fille, qui comprend enfin.

– Xuda ! s'écrie-t-elle.

Au même moment, bien qu'il n'émette aucune chaleur, le collier de corail qu'elle porte autour du cou devient aussi incandescent qu'un bout de métal chauffé par le forgeron. Puis il se brise avant de tomber sur le sol entre les deux adversaires.

Myra se tourne alors vers celle qui a si bien su la tromper, vers l'imposteur qu'elle a pris pour la vraie Xuda. La frêle figure qui avait pris l'apparence de la vieille magicienne du clan des Xu pour la duper n'est plus à présent qu'une ombre qui vacille sous le poids de l'épais manteau qu'elle avait réussi à arracher à la jeune enchanteresse.

– Vous avez échoué ! annonce triomphalement Myra aux Pénitents. Cette fois encore, vous avez échoué !

Ceux-ci ne sont plus maintenant qu'une fumée qui s'échappe du manteau tombé par terre, une sombre fumée opaque qui bientôt se dissipe lentement dans l'air étouffant du marais. Myra s'empresse de reprendre son manteau et de rejoindre la véritable Xuda, qui a délaissé l'apparence d'un ours redoutable.

– Ah ! Xuda ! s'exclame Myra en se jetant dans les bras de son aînée. Tu sais qu'il était moins une !

– Mais tu as réussi ! déclare la vieille magicienne. La seule chose qui compte, c'est que tu aies réussi à déjouer les plans machiavéliques des Pénitents.

Gênée, Myra regarde le bout de ses bottes et fait une moue de dépit avant de répondre :

– Oui… j'ai réussi…, mais grâce à ton aide encore une fois !

– Nul ne peut réussir seul, répond Xuda. Aussi forts, aussi puissants soyons-nous, nous avons tous besoin d'un petit coup de pouce de temps en temps ! Tu ne dois jamais l'oublier.

– Je me doutais bien que jamais tu n'aurais abandonné l'oiseau de Saïk aux mains de Ritter.

Xuda pose une main réconfortante sur l'épaule de son élève avant de répondre :

– Et c'est cette certitude de l'importance d'accomplir coûte que coûte ta mission qui t'a sauvée.

Un sourire bienveillant éclaire le visage de la vieille femme lorsqu'elle ajoute :

– Si tu n'avais pas eu une foi totale en moi, si tu n'avais pas été convaincue de mon intégrité, alors jamais je n'aurais pu t'aider. Tu vois, Myra, c'est toi qui as accompli l'essentiel de la tâche.

La jeune magicienne se rembrunit en songeant aux terribles conséquences qu'aurait entraînées son échec.

– Si les Pénitents avaient réussi à me tromper, j'aurais été à jamais perdue, dit l'adolescente, dont la voix tremble.

– Oui, confirme Xuda. Et tu aurais alors rejoint les voyageurs dont les cris, les pleurs et les lamentations résonnent à l'infini dans le marais de la Malemort.

Myra constate soudain que le marais où trois fois elle a failli se perdre a disparu. Elle se trouve à présent sur un chemin tortueux et caillouteux qui serpente à flanc de montagne. Elle lève la tête et découvre, au-dessus d'elle, la silhouette d'un sinistre château au sommet de la montagne escarpée qui les domine de son ombre.

– Le château d'Ambal ! s'écrie la jeune magicienne.

– Oui, confirme encore Xuda. Tu as réussi à atteindre le château du Prince oublié.

– Mais comment est-ce possible ? Il me semble que je n'ai fait que tourner en rond pendant des siècles dans ce fichu marais de la Malemort !

– Je t'ai dit avant ton départ de ne te fier qu'à ton intuition, non à tes yeux. Chaque fois que tu réussissais à déjouer les plans machiavéliques des Pénitents, tu te rapprochais de ton but : atteindre le château d'Ambal, où l'oiseau de Saïk est retenu prisonnier depuis son rapt dans le port de La Marande.

Myra comprend mieux, à présent, le travail qu'elle a accompli. Grâce aux explications fournies par son mentor, elle commence à reprendre confiance en elle et à espérer.

– Je dois retrouver l'oiseau et le ramener à Tyr, dit-elle à Xuda.

– C'est la mission que je t'ai confiée, certes, répond celle-ci. Mais, si tu veux réussir, tu dois toujours te rappeler que Ritter fera tout pour t'empêcher d'atteindre ton but.

– Je réussirai, Xuda, affirme solennellement la jeune magicienne. Je réussirai. Je t'en fais le serment.

Ragaillardie par les récents événements qui ont finalement connu un dénouement plutôt heureux, Myra se sent prête à continuer sans faillir.

– Va, à présent, lui enjoint Xuda. Le temps presse.

Après avoir longuement serré son élève dans ses bras, la vieille enchanteresse, s'évanouit comme un mirage dans le désert. Prenant appui sur sa canne magique, Myra entreprend la montée du sentier qui mène au domaine de Ritter, ennemi juré de son clan, celui des Xu.

Chapitre 11

Le château d'Ambal

Myra se sent habitée d'une confiance nouvelle depuis sa dernière rencontre avec sa chère Xuda, apparue sous la forme d'un ours gigantesque. La jeune femme, enveloppée dans son grand manteau dont elle a rabattu le capuchon, a pour la première fois le sentiment d'appartenir au célèbre clan des magiciennes si respectées à Terre-Basse. Elle sait maintenant qu'en échappant aux leurres des Pénitents envoyés par le Prince oublié pour la perdre, elle a réussi avec succès les épreuves qu'elle devait subir au marais de la Malemort. Si elle avait échoué, elle aurait pu, comme bien d'autres malheureux voyageurs avant elle, disparaître à jamais dans les eaux troubles des marécages.

« Mais j'ai réussi, se répète la jeune magicienne. J'ai réussi à déjouer les plans des envoyés de Ritter. »

Cette réussite lui redonne confiance. D'autant plus qu'elle a récupéré les biens enchantés qui lui ont été légués par Xuda et qui font partie depuis toujours du trésor des Xu. Le collier de corail orne de nouveau son cou, la besace magique, dans laquelle est dissimulé le Livre d'heures, bat son flanc gauche sous son ample manteau.

« Cette fois, se dit Myra, j'ai vraiment l'impression d'être une vraie magicienne et de mériter la confiance de Xuda. »

Sa canne à la main, c'est d'un pas déterminé qu'elle entame l'ascension du chemin tortueux sculpté à flanc de montagne. Le sentiment d'appartenir réellement à un puissant clan, respecté de tous, redonne espoir à l'adolescente.

« Moi aussi, j'ai un rôle à jouer, conclut Myra, comme toutes les magiciennes du clan des Xu qui m'ont précédée. Je ne suis pas inutile. » Cette pensée lui insuffle à la fois force et courage.

Tout en progressant sur le difficile sentier de montagne, l'adolescente songe au désespoir qui était le sien alors qu'elle était persuadée d'avoir échoué dans sa mission. « Je me croyais seule au monde, rejetée de tous, exclue du monde qui est le mien. C'était effroyable. » À cette seule pensée, la jeune femme frissonne et se dit : « Je voudrais n'avoir jamais à revivre des moments aussi effrayants. Tout était si noir, sans espoir. »

Elle doit se forcer à revenir dans l'instant présent et à se concentrer sur le chemin vertigineux qui conduit au château. Pour s'encourager, elle se répète : « Ces terribles moments sont derrière moi. »

Cependant, c'est aussi grâce à ces pénibles événements si elle a maintenant compris qu'elle est la digne héritière de Xuda et que, en cette qualité, elle accomplira la mission qui est la sienne : reprendre l'oiseau de Saïk à Ritter pour le ramener à l'abri, dans la forêt de Tyr. Ainsi, suivant les traces de son maître, elle sera en mesure de se servir de son pouvoir pour ramener la paix et la prospérité dans la vallée de Terre-Basse.

Myra est soudainement tirée de sa rêverie par un fort vent qui vient la bousculer et la projeter contre la paroi abrupte de la montagne.

– Qu'est-ce que c'est ? se demande-t-elle à voix haute.

La jeune magicienne doit lutter pour ne pas tomber dans le profond précipice qui s'ouvre sur sa gauche. Elle place aussitôt sa canne entre elle et le vide alors que, de sa main libre, elle s'accroche à la paroi rugueuse. Le vent mauvais entraîne avec lui des flocons de neige qui brouillent la vue de la voyageuse. Bientôt, Myra disparaît dans le tourbillon qui tente de la faire dévier de sa route.

« Je dois m'accrocher ! Je dois m'accrocher ! » se répète l'enchanteresse.

Heureusement pour elle, le grand manteau de feutre qui l'enveloppe de la tête aux pieds constitue un refuge inexpugnable. Des hurlements sinistres se mêlent au mugissement du vent qui, à présent, souffle en tempête.

« Je dois quitter ce chemin », se dit Myra.

La jeune femme vient de comprendre que, si elle veut atteindre le château, elle doit trouver un autre moyen que le sentier pour y parvenir.

À l'abri dans sa cape, tenant fermement la canne et accrochée à la paroi rocheuse, la magicienne pense au Livre d'heurs, rangé dans sa besace. Elle sent alors son sac agité de soubresauts, comme si, au lieu d'un livre, il contenait un lièvre vivant. Impossible pour Myra de vérifier, sans tomber, quel prodige s'est produit dans la besace magique. Il faut toute sa force et toute sa détermination à la malheureuse pour éviter de se voir précipiter dans le vide par le blizzard.

Le dos collé à la montagne, elle réfléchit : « Je dois trouver vite un autre chemin. Mais où ? »

À ce moment, elle sent céder sous son poids la paroi à laquelle elle est adossée.

– Je m'enfonce ! s'écrie Myra.

En effet, la magicienne se sent comme aspirée par le ventre de la montagne dans les flancs de laquelle elle s'enfonce, échappant ainsi à la terrible tempête qui fait rage au-dehors.

Dans son sac, les soubresauts ont cessé.

– Le Livre d'heurs ! s'exclame la jeune fille, comprenant ce qui s'est passé.

C'est une fois encore grâce aux pouvoirs magiques du livre qu'elle a pu trouver un chemin plus sûr.

– Merci ! dit simplement Myra.

Ce remerciement ne s'adresse pas seulement au Livre d'heurs, mais à toutes les magiciennes du clan des Xu qui, elle le sait maintenant, l'accompagnent dans sa quête. « Je suis une des leurs à présent », se dit l'adolescente, que cette constatation rassure.

Cette certitude insuffle un nouveau courage à la jeune fille, malgré le noir complet qui l'entoure. D'un coup de canne, elle frappe le sol et aussitôt elle voit la tête d'ours du pommeau se mettre à briller, émettant une intense lumière blanche. Myra découvre alors qu'elle se trouve à l'intérieur d'une grotte où règne un silence de mort contrastant dramatiquement avec les bruits de la tempête qui faisait rage à l'extérieur.

« Comment parvenir jusqu'au château de Ritter ? » se demande-t-elle.

Sans perdre une seconde, la jeune fille commence à examiner la grotte, qui n'est pas très grande. Les parois lisses sont recouvertes de dessins aux couleurs vives illustrant les origines du continent de Kor. Dessiné avec un réalisme époustouflant, un immense serpent bleu et vert tenant dans sa gueule une perle blanche géante court le long des parois. Chacune de ses écailles représente une région du monde connu et des mondes secrets du vieux continent de Kor.

– C'est magnifique ! murmure Myra.

La jeune femme aimerait avoir le temps d'examiner chacune des miniatures peintes sur les écailles du grand serpent que, dans la mythologie des Anciens, on nomme Krik. Myra a appris de son maître que la perle blanche qu'il tient dans sa gueule ouverte figure le continent de Kor.

« Je pourrais passer des années ici à étudier notre histoire », songe-t-elle avec envie.

Avec une pointe de regret, elle ajoute, à voix haute :

– Je dois continuer ma route. Mais je reviendrai un jour.

Soudain, la canne qu'elle tient toujours à la main se met à osciller en direction de la perle blanche peinte sur la paroi située sur sa droite. Le mouvement s'amplifie, si bien que la jeune femme a toutes les peines à retenir la canne et à l'empêcher de lui échapper des mains. Elle décide donc de ne pas résister et de se laisser entraîner dans la direction indiquée.

Dès qu'elle se trouve à un mètre de la perle blanche, le pommeau de la canne frappe trois coups secs sur le dessin. Aussitôt, une large ouverture apparaît, par laquelle Myra n'a aucune difficulté à passer. Stupéfaite, elle pénètre alors dans ce qui ressemble à la salle principale d'un immense château fort.

Interdite, l'enchanteresse s'arrête près de la cheminée par laquelle elle vient d'entrer, pour observer le lieu, en apparence désert. À sa grande surprise, à peine a-t-elle quitté l'âtre qu'un feu se met à flamboyer derrière elle.

– Où suis-je ? se demande tout haut Myra en promenant son regard dans la salle nimbée d'une lumière rougeâtre.

Une voix immatérielle lui souffle qu'elle se trouve à Ambal, au cœur même de la forteresse du Prince oublié.

– Ambal ! fait la magicienne, étonnée. Je serais donc parvenue à m'infiltrer dans la grande salle du château de Ritter !

La vaste salle, en pierres noires, est couverte

d'une voûte transparente soutenue par six énormes piliers. Le sol argenté, brillant comme un miroir, reflète le disque d'un astre rouge, flamboyant au travers du verre de la voûte. Des tentures de velours rouge ornent les murs sombres auxquels sont accrochées des torches qui diffusent elles aussi une vive lumière rouge. Le noir et le rouge sont en fait les seules couleurs se trouvant dans la pièce. Même le mobilier, composé d'une longue table et de douze chaises installées au centre de la pièce, ainsi que de trois fauteuils placés autour de la cheminée, est en bois noir comme l'ébène et recouvert d'un épais tissu rouge qui ressemble à du velours.

« Ce sont bien là les couleurs de Ritter, songe Myra. Il n'y a pas de doute, je me trouve bien à Ambal. »

La magicienne fait un pas dans la salle déserte et tellement silencieuse que l'on pourrait entendre voler une mouche. Ses bottes, faites de cuir souple, lui permettent de marcher sans bruit. Tel un chat dans la nuit, Myra avance à pas comptés pour se réfugier dans l'ombre d'un des immenses piliers qui soutiennent la voûte transparente.

« Je me méfie des mauvaises surprises. Ce calme et ce silence ne me disent rien qui vaille », se dit-elle.

Les sens en alerte, elle demeure totalement immobile, le cœur battant, à épier le silence de la nuit. Après plusieurs minutes passées ainsi sans que rien ni personne ne vienne troubler la quiétude du lieu, la magicienne décide de quitter l'abri que constituait le pilier. Toujours sur ses gardes, elle se dirige vers le centre de la pièce, où se trouvent la longue table en bois sombre et les douze chaises. Au milieu de la table, six candélabres dispensent, comme les torches, une lumière rougeâtre qui se reflète sur le lustre du bois noir, parfaitement ciré.

Tout en contemplant ces objets, la jeune femme se fait la réflexion que l'endroit ressemble plus à un musée qu'à une demeure habitée. « Qu'est-ce que cela dissimule ? » se demande-t-elle.

Elle donnerait cher pour découvrir où se cache le seigneur des lieux et où, surtout, il a bien pu cacher l'oiseau. Elle en est là de ses réflexions lorsqu'elle sent tout à coup qu'elle n'est plus seule dans la pièce. Tendue à l'extrême, Myra réussit tout de même à demeurer parfaitement immobile. Elle espère que le grand manteau noir qui la recouvre parviendra à tromper ses ennemis et que ceux-ci la confondront avec la pénombre environnante.

Enveloppée dans la cape magique de Xuda, la jeune magicienne distingue autour d'elle un inquiétant va-et-vient.

« Les Pénitents ! se dit-elle. Ils sont là, ils cherchent à me débusquer. »

La jeune femme entend des reniflements et le glissement des ombres qui se faufilent, de plus en plus nombreuses, dans la grande salle du château de Ritter.

« Je croyais pourtant bien les avoir semés dans le marais de la Malemort. J'avais tort, conclut Myra. Ils sont toujours à mes trousses. »

Presque insensiblement, la jeune femme se tourne, effectuant un demi-tour sur elle-même pour se placer dos à la table. Tout geste brusque pourrait trahir sa présence, c'est pourquoi elle s'encourage à ne pas paniquer et à rester calme, malgré sa peur. Curieusement cependant, sa peur, cette fois, n'est pas envahissante. Elle est là, présente, comme une vieille amie, mais elle ne gêne pas la magicienne.

« J'ai déjà déjoué les Pénitents plusieurs fois, dans le marais, réfléchit Myra. Je peux encore réussir à le faire. »

Fait étonnant, les Pénitents qui rôdent en nombre autour de la table semblent incapables de parvenir à toucher Myra. Forte de sa confiance nouvelle, qui lui vient de la certitude d'appartenir légitimement au puissant clan des Xu, la magicienne de Tyr n'offre aucune prise aux ombres à la solde de Ritter. Celles-ci ne peuvent donc que tourner en rond autour d'elle, sans pouvoir l'atteindre.

Ayant plus de confiance en elle, Myra écarte un peu le capuchon qui dissimulait son visage et regarde en face les ombres qui tournent, impuissantes, autour de la table.

– Laissez-moi, ordonne l'enchanteresse. Vous ne pouvez rien contre moi.

Sa canne bien en main, la jeune fille se tient droite, observant le macabre ballet qui se déroule sous ses yeux. Les Pénitents ne sont que des coquilles vides, des ombres sans consistance et dépourvues de volonté.

– Vous n'êtes que des marionnettes ! leur lance Myra. Vous ne savez que danser au rythme que vous impose votre maître !

Un long cri déchire le silence qui régnait dans la salle, suivi d'un autre, puis d'un autre encore. Bientôt, des plaintes sinistres et des hurlements emplissent la grande salle du château.

– Je vous plains ! affirme Myra. Vous n'êtes rien. Que des fantômes sans consistance !

Ces paroles terribles font naître de nouveaux cris chez les Pénitents, que Myra peut voir à présent. Les ombres se sont réunies pour former un groupe compact qui se presse autour de la jeune magicienne.

– Enfin, dit-elle. Je vous vois tels que vous êtes !

Les ombres se densifient autour de l'enchanteresse. Celle-ci peut maintenant distinguer leurs visages tordus, déformés par la haine, et leurs bouches noires, édentées, qui s'ouvrent pour laisser échapper des cris insupportables.

– Vous m'avez trompée dans le marais, accuse Myra. Vous avez failli me perdre. Mais c'est terminé.

Les cris se multiplient et emplissent la pièce d'une épouvantable cacophonie. Sans se laisser démonter, Myra poursuit sa diatribe :

– C'était facile, alors, de vous en prendre à moi ! J'étais triste parce que je me sentais seule et rejetée de tous. J'étais affaiblie par la peine et le remords, et vous en avez profité.

Des hurlements plus sinistres encore répondent au discours enflammé de la magicienne.

– Partez, maintenant ! ordonne-t-elle de nouveau.

Autour de l'enchanteresse, les ombres cessent brusquement de tourbillonner. Elles se regroupent et se mêlent entre elles, jusqu'à ne plus former qu'une seule entité qui se tient debout, pitoyable, face à Myra.

– Vous avez perdu ! déclare celle-ci en frappant le sol de sa canne magique. Disparaissez !

À cet instant, sous les yeux ahuris de la jeune fille, l'ombre des Pénitents s'amenuise et se disloque en mille morceaux qui s'éparpillent aux pieds de la magicienne de Tyr.

Sans hésiter, Myra écrase sous son talon les morceaux tombés sur le sol. Tel du verre pilé, les débris crissent sous sa semelle. La jeune fille grimace en entendant ce son insupportable à l'oreille.

« Passons maintenant aux choses sérieuses ! se dit-elle en laissant l'appui de la grande table. Il me faut encore trouver Ritter et lui reprendre l'oiseau de Saïk. »

Chapitre 12

Le prisonnier du miroir

Myra observe la salle déserte où elle se trouve. Aucune issue n'est visible. La salle est vaste et il faudrait un temps infini à la jeune magicienne pour en explorer chaque recoin et découvrir une sortie secrète.

– Comment sortir d'ici autrement que par la cheminée par laquelle je suis entrée ? se demande-t-elle à voix haute.

– Tu n'as pas à quitter la pièce, lui répond une voix.

Celle-ci est jeune et ses intonations laissent supposer que la personne qui lui a ainsi répondu est animée d'intentions bienveillantes à l'égard de l'enchanteresse.

– Qui est là ? demande Myra.

Malgré le ton aimable de la voix, la jeune fille reste sur la défensive.

– Qui êtes-vous ? interroge-t-elle.

– Regarde à tes pieds, lui suggère la voix, pas au plafond !

Myra penche la tête et est aussitôt témoin d'un étrange phénomène. À ses pieds, en effet, le miroir qui couvre le plancher de la grande salle du château ne reflète plus la lumière rouge de la sphère lumineuse qui brille au travers de la voûte de verre. Sur une surface de un mètre environ, le miroir est devenu aussi transparent que du verre. Stupéfaite, Myra voit alors apparaître le beau visage d'un jeune homme, à peine plus âgé qu'elle.

« Il doit avoir dix-huit ou dix-neuf ans », estime la magicienne.

Le jeune homme, vêtu d'une armure de chevalier, a de longs cheveux lustrés, d'une belle couleur corbeau, et des yeux bleus, vifs, en amande. Myra s'agenouille pour mieux le voir et contemple un moment le visage de cet inconnu qui pourtant lui paraît familier. Myra a l'impression d'observer un monde étrange enfoui sous le miroir qui constitue le sol, un peu comme si elle regardait un monde sous-marin à travers une épaisse couche de glace transparente.

– Myra ? s'enquiert le jeune homme, qui scrute lui aussi avec attention le visage penché sur le sien. C'est bien toi, n'est-ce pas ?

L'adolescente n'en croit pas ses oreilles. Elle devient brusquement méfiante, malgré la sympathie qu'elle éprouve d'emblée pour le chevalier. Elle craint de se voir encore trompée par une nouvelle ruse de Ritter, celui qui sait si bien faire naître des mirages.

– Vous me connaissez ? s'étonne-t-elle.

La jeune femme se souvient du précieux conseil que lui a donné Xuda l'Ancienne : « Ne te fie pas à ce que tu vois ou à ce que tu entends, mais uniquement à ce que tu ressens. Au royaume du Prince oublié, seule ton intuition peut te guider. »

Le jeune homme prisonnier du miroir inspire confiance à Myra. Quelque chose de familier en lui – s'agit-il de son visage, de ses yeux, de son sourire ? – fait que l'enchanteresse n'éprouve aucune réticence à converser ainsi avec lui.

– Qui êtes-vous ? demande-t-elle encore, troublée.

– Ah ! Myra ! répond le jeune homme. C'est bien toi, n'est-ce pas ?

– Si vous me connaissez, je vous en supplie, parlez !

– Je suis Arno, ton frère.

– Ah !

En entendant ces paroles, Myra n'a pu retenir un cri de stupeur, et son cœur a fait un bond dans sa poitrine.

– Mon frère ! s'écrie-t-elle. Mais je n'ai pas de famille ! Xuda était ma seule famille et elle m'a quittée…

Sa voix n'est plus qu'un souffle. Qui est donc ce jeune chevalier qui prétend être son frère ?

– Encore une tromperie de Ritter ! hurle Myra.

– Non ! Non ! la rassure aussitôt Arno. Je suis bien ton frère. Avant que notre mère te confie à la garde de Xuda l'Ancienne, tu avais une famille.

Les larmes affluent aux yeux de la magicienne.

– J'avais une famille…, répète-t-elle.

Xuda s'était montrée une mère attentionnée et un maître exemplaire. La disparition de la vieille magicienne avait causé un immense chagrin à l'adolescente qui croyait, alors, se retrouver seule dans un monde hostile qui la rejetait.

– J'aimais Xuda, dit simplement Myra.

L'enchanteresse ne peut cependant oublier que, pour elle, le fait de n'avoir pas de famille représentait un écrasant fardeau qui, chaque jour, alourdissait davantage son cœur. Très tôt, Xuda avait appris à sa pupille que sa vraie mère l'avait abandonnée à sa naissance à l'orée de la forêt enchantée de Tyr. C'est là que la vieille magicienne l'avait recueillie pour ensuite l'élever comme sa propre enfant. Pour Myra, malgré l'amour de Xuda, l'idée d'avoir été abandonnée quelques mois seulement après sa naissance par la femme qui lui avait donné la vie était insupportable. Cet abandon constituait une blessure qui refusait de guérir, même après toutes ces années.

– Oui, répète Arno, tu avais une famille. Mais Ritter l'a décimée.

– Ritter ? fait Myra, étonnée.

– Oui, Ritter, le Prince oublié qui me retient prisonnier du miroir depuis plus de quinze ans.

– Mais pourquoi ?

Arno explique alors à sa sœur les malheurs qui ont frappé leur famille.

– Notre père, le roi de Qan, et notre mère, la reine Malla, son épouse, s'opposaient de toutes leurs forces à l'avance de ce prince maudit qui sème la ruine et la désolation sur son passage.

– Mais le royaume de Qan est situé aux antipodes de celui de Terre-Basse ! s'écrie Myra.

– C'est vrai, reconnaît Arno. Les habitants des deux contrées, si différentes l'une de l'autre, ne se côtoient guère. Le peuple de Qan est constitué de pasteurs et de guerriers, alors que les gens de Terre-Basse ont axé leurs activités sur le négoce. Mais qu'importe. Les souverains de Qan ont toujours été les alliés secrets des magiciennes du clan des Xu qui ont pour tâche de perpétuer la paix et la prospérité de Terre-Basse.

– Raconte-moi tout, supplie Myra. Je veux tout savoir !

Avant de poursuivre son récit, le prince Arno rapproche son visage, qui semble flotter derrière la glace épaisse et transparente comme du verre.

– Pour affaiblir les deux royaumes, celui de Qan et celui de Terre-Basse, et affermir ainsi son pouvoir, Ritter a conçu le projet de détruire notre famille. Il a d'abord fait assassiner notre père et m'a ensuite enlevé. Je n'avais alors que trois ans.

Sans même s'en rendre compte, Myra a elle aussi rapproché son visage de celui de son frère pour ne pas perdre une seule parole de son dramatique récit.

– Tu es née quelques mois après la mort de notre père, le roi de Qan, continue Arno. À ta naissance, notre mère, la reine Malla, a pris la décision de protéger coûte que coûte la vie de sa fille unique.

En entendant ces mots, Myra ne peut s'empêcher de pleurer en silence.

– Déguisée en mendiante, notre mère a quitté le château de Qan pour se rendre à la forêt enchantée de Tyr où elle savait que tu pourrais vivre en sécurité jusqu'à ta majorité.

– Que s'est-il passé ensuite ? demande la jeune fille qui redoute pourtant de connaître la suite des événements qui se sont déroulés quinze ans plus tôt.

– Comme tu le sais, notre mère est parvenue jusqu'à Tyr. Mais le long voyage qu'elle avait effectué dans des conditions difficiles l'avait épuisée. Arrivée à destination, elle était si exténuée que même Xuda l'Ancienne, malgré sa science des herbes et des potions, n'a pu la sauver.

À l'écoute de la fin tragique de sa mère, Myra sent son cœur se briser. Durant toute son existence, elle avait cru que cette femme inconnue l'avait abandonnée parce qu'elle ne l'aimait pas alors que c'était tout le contraire ! Elle apprenait maintenant que, par amour, sa mère avait donné sa vie pour sauver celle de sa fille unique.

– Rassure-toi : notre mère est morte dans les bras de Xuda qui a veillé sur elle jusqu'à l'ultime seconde. Elle est morte comme une reine en sacrifiant sa vie pour sauver celle de son enfant. Son corps repose maintenant en paix dans une grotte secrète cachée dans la terre enchantée de Tyr.

– Pourquoi Xuda ne m'a-t-elle rien dit ? demande Myra en essuyant ses larmes.

La jeune magicienne aurait aimé connaître plus tôt l'histoire tragique de sa véritable famille.

Elle voit son frère lui adresser un sourire moqueur avant de répondre :

— Tu sais ce qu'aurait répondu Xuda à cette question ?

— Chaque chose en son temps ! réplique aussitôt Myra.

— Oui, chaque chose en son temps. Tu devais parvenir seule jusqu'à moi. C'est à cette seule condition que tu pouvais espérer vaincre Ritter et lui reprendre l'oiseau de Saïk.

— Tu veux dire, l'interrompt Myra, que si je n'avais pas réussi les épreuves du cimetière englouti ou celles du marais de la Malemort je n'aurais jamais été en mesure de vaincre le Prince oublié ?

— Exactement, lui confirme son frère. Ce sont les épreuves qui nous rendent plus forts et qui font de nous des chevaliers et des enchanteresses. L'as-tu oublié, petite sœur ?

— Non, Arno. Je ne l'ai pas oublié.

— Maintenant que nous voilà réunis, nous sommes deux fois plus forts. Te sens-tu prête à affronter Ritter ?

— Je suis ici pour cela, répond Myra. Mais où le trouver ? Où trouver l'oiseau de Saïk ? Je ne connais pas le château d'Ambal et je ne vois aucune issue à cette salle immense où nous sommes enfermés.

— Il n'y en a pas, lui apprend Arno.

— Comment ! s'écrie sa sœur.

— Ne cherche pas d'issue à cette salle, il n'y en a pas d'autre que celle de la cheminée par laquelle tu es entrée.

154

– Ce que tu dis n'a aucun sens ! proteste la jeune fille, s'impatientant. Tu veux dire que ce château maudit n'est constitué que d'une seule vaste salle sans portes ? J'ai pourtant aperçu la silhouette de la forteresse de Ritter qui se découpait dans le ciel au sommet de la montagne que je gravissais !

– Ne te fie pas à ce que tu vois ! répond Arno.

– On croirait entendre Xuda ! réplique sa sœur.

– C'est un peu normal que je pense comme elle, explique le jeune prince de Qan. Grâce à la magie de l'Ancienne, je suis toujours resté en contact avec l'esprit des magiciennes des Xu. Tu sais, petite sœur, Ritter retient mon corps prisonnier, mais mon esprit, lui, demeure libre à jamais.

– Xuda est donc notre mentor à tous les deux, commente Myra.

– En effet, lui accorde Arno. C'est pourquoi je t'attendais. J'étais persuadé que tu allais venir. Tu sais, j'ai toujours eu confiance en toi.

Les paroles que lui adresse son frère constituent un véritable baume pour le cœur de la jeune magicienne.

– Je savais que tu réussirais, insiste le prince de Qan. Par la pensée, j'ai toujours été près de toi.

– Oh ! Arno ! s'écrie Myra. J'aimerais tant pouvoir te serrer dans mes bras !

– Qu'est-ce qui t'en empêche ?

Secouée par les émotions et par la curieuse réponse de son frère, l'adolescente reste comme pétrifiée. Elle demeure immobile un long moment à contempler le visage de son frère pour y déceler des traces de moquerie. Mais le visage du jeune homme est sérieux. Au bout de quelques minutes qui paraissent une véritable éternité au chevalier, Myra, mue par un soudain élan de tendresse, lui ouvre grands les bras et se penche vers lui.

Elle assiste alors à un phénomène extraordinaire. Ses bras, au lieu de heurter la surface dure et lisse du sol, s'enfoncent dans le miroir aussi facilement que dans l'eau d'un lac. Quelques instants plus tard, frère et sœur se retrouvent dans les bras l'un de l'autre.

– Je suis si heureuse de trouver un grand frère ! confie Myra à Arno en pleurant de joie.

– Et moi, je suis heureux de retrouver ma petite sœur, lui avoue Arno. Mais le temps presse. Nous aurons bientôt toute la vie pour nous connaître mieux.

– C'est vrai, convient Myra. Mais où sommes-nous ?

– Nous sommes dans les geôles d'Ambal, lui apprend le jeune prince. Il y en a des milliers. Elles forment un véritable labyrinthe. Je vais te conduire et, en chemin, je te donnerai toutes les explications voulues.

Sans perdre une seconde, Arno entraîne sa sœur dans le labyrinthe de corridors serpentant à l'infini dans le ventre du château d'Ambal et de chaque côté desquels s'enfilent une multitude de portes closes.

– C'est tout un dédale! constate Myra. Comment fais-tu pour t'y retrouver?

– Tu vois, petite sœur, le château que tu as aperçu au sommet de la montagne, lorsque tu grimpais le chemin escarpé, n'est rien.

– Quoi!

– Laisse-moi t'expliquer, dit Arno. Le château que tu as vu n'est qu'une coquille vide destinée à terrifier les gens et à les tromper. Le vrai château de Ritter est dissimulé sous le plancher argenté de la grande salle rouge et noir.

– Si je comprends bien, déclare Myra, si j'avais continué de suivre ce sentier, je ne serais parvenue nulle part!

– Exact, lui confirme le prince de Qan. C'est pourquoi Xuda a fait naître la tempête de vent et de neige qui t'a forcée à arrêter.

– Et c'est ainsi que j'ai pu découvrir, grâce aussi au Livre d'heurs, l'entrée du château d'Ambal.

– La seule entrée, précise Arno. Tu comprends maintenant pourquoi ce château est réputé inaccessible. Seule une véritable magicienne du clan des Xu pouvait découvrir l'entrée secrète et pénétrer ainsi dans la place forte de Ritter, ajoute le prince avec un sourire moqueur.

Myra comprend à cet instant que son frère, tout comme Xuda d'ailleurs, connaît les méandres de son cœur, tous les doutes et toutes les peines qu'elle a éprouvés.

– Une véritable magicienne du clan des Xu, hein? fait la jeune fille.

– C'est ce que tu es, petite sœur. J'espère que tu n'en douteras plus jamais. Me le promets-tu ?

– Je te le promets, Arno.

Le jeune prince explique à sa sœur que les geôles de Ritter, qui se multiplient à l'infini, abritent les innombrables ombres des Pénitents, ces voyageurs trompés par le Prince oublié et devenus à jamais ses esclaves.

– Où se trouve l'oiseau ? demande Myra, qui se sent anxieuse.

– Enfermé avec tous les autres trésors que le Prince oublié entrepose dans la tour ouest, où nous nous rendons.

– Es-tu bien certain que c'est là que nous nous dirigeons ? s'enquiert Myra, inquiète. J'ai l'impression de tourner en rond dans ce sinistre labyrinthe où les portes des cachots ne cessent de se multiplier.

– Certain ! l'assure le prince Arno. Fais-moi confiance, petite sœur. Je connais ce château mieux que Ritter lui-même !

– Mais que fait-il avec tous ces trésors volés ?

– Je te l'ai dit : il les entrepose. Il les garde enfermés à double tour dans la tour ouest.

– Mais dans quel but ? demande Myra. Pour-quoi garde-t-il l'oiseau de Saïk enfermé dans une tour ? Cela n'a aucun sens ! C'est un symbole d'espoir, de paix et de prospérité pour tous les habitants de la vallée de Terre-Basse.

– C'est une question de pouvoir, explique Arno. Myra, tu as encore bien des choses à apprendre et à découvrir. Certaines personnes, comme Ritter, éprouvent un grand plaisir à priver les autres des trésors que recèle le continent de Kor. Ces tristes individus ont l'impression qu'en accumulant les richesses ils détiennent un pouvoir absolu sur les choses et les gens.

— L'oiseau doit vivre libre dans la forêt de Tyr, argumente Myra. Sinon il n'est d'aucune utilité.

— Je sais, petite sœur. Je sais que, sans le pouvoir des magiciennes des Xu qui ont la garde de l'oiseau, celui-ci n'est qu'un morceau de fer, une sculpture sans aucune valeur.

— Nous seules détenons le pouvoir d'insuffler la vie à l'oiseau de Saïk, précise Myra. Seulement, nous n'exerçons pas ce pouvoir pour nous-mêmes, mais pour assurer la paix et le bonheur de tous les habitants de Terre-Basse.

— Et le Prince oublié vous envie ce pouvoir que jamais il ne détiendra. C'est pourquoi il a volé l'oiseau. Il prend plaisir à priver les autres de ce qu'il ne peut avoir.

Les deux jeunes gens parviennent enfin à une épaisse porte cloutée, différentes des mille autres devant lesquelles ils sont passés.

— Voici la porte qui donne accès à la tour ouest, annonce Arno. C'est ici que se trouve l'oiseau de Saïk que tu es venue reprendre.

Le prince de Qan prend dans la sienne la main de sa sœur avant de s'enquérir :

— Es-tu prête, Myra ?

La magicienne a parfaitement conscience qu'une fois la porte cloutée franchie elle ne pourra plus reculer. Il lui faudra enfin affronter le Prince oublié, celui qui a enlevé l'oiseau de fer. Elle plonge son regard dans celui de son frère avant de répondre, d'une voix ferme :

– Oui, Arno. Je suis prête.

La jeune femme éprouve une confiance nouvelle. La présence à ses côtés de son frère et la certitude qu'elle a acquise d'être non seulement l'héritière de Xuda et de toutes les magiciennes du clan des Xu, mais aussi celle des souverains de Qan, leurs fidèles alliés, lui confèrent une force sereine.

– Bien, dit le prince de Qan en poussant la lourde porte cloutée. Alors, allons-y !

Chapitre 13

Le Prince oublié

Lorsque Myra entre dans la tour ouest du château d'Ambal en compagnie de son frère, Arno, prince de Qan, elle éprouve un grand choc.

– Mais où sommes-nous ? s'écrie-t-elle. C'est *ça* la salle aux trésors du Prince oublié ?

En pénétrant dans la tour, la jeune magicienne s'attendait à y découvrir les plus beaux, les plus merveilleux trésors du monde : des couronnes, des tiares, des colliers. Des joyaux en or, en argent ou en platine sertis de pierres précieuses. Ou encore des œuvres d'art inestimables, volées aux habitants des quatre coins du continent de Kor. Elle n'aurait pas été surprise si elle avait trouvé, mêlés à ces trésors, de la vaisselle coûteuse ou des objets en cristal de grand prix.

Au lieu de cela, l'immense pièce est encombrée d'objets en apparence sans valeur. Le sol est jonché de bouts de métal rouillé, de vases en terre cassés, de plats ébréchés, de morceaux de fer tordus, de verre brisé.

– Que t'attendais-tu à trouver ici ? s'informe Arno.

Encore abasourdie par sa découverte, la jeune femme tarde à bafouiller une réponse.

– Pas ces… ces… choses ! On dirait une décharge publique plutôt que la salle aux trésors d'un puissant prince.

– Pourtant, petite sœur, tu sais bien que tout ce que touche Ritter finit par se corrompre.

– Tu veux dire que s'il touche de l'or, celui-ci se transforme bientôt en vulgaire métal.

– Oui, répond Arno. À son contact, tout ce qui brille se ternit et rouille.

La jeune femme n'y avait pas songé. Il faut dire que, depuis le rapt de l'oiseau de Saïk, les événements se sont précipités pour elle. Myra a dû faire face à de nombreuses situations dramatiques, ce qui ne lui a pas laissé beaucoup de temps pour réfléchir.

– C'est vrai, admet finalement Myra. Je n'avais pas eu le temps d'y penser.

– Dès que le Prince oublié s'empare d'un trésor, quel qu'il soit, il l'enferme ici où il devient sans valeur.

L'enchanteresse songe à l'ironie de la situation. Ritter ne crée rien. Il ne sait que dépouiller les autres de ce qu'ils possèdent de plus beau.

– Il n'a pas compris que, pour vivre, les œuvres d'art comme l'oiseau de Saïk doivent être libres. Elles appartiennent à tout le monde, nul ne peut les posséder.

– Ritter est un ignorant, commente le prince Arno. Il croit que plus il a de possessions, plus son pouvoir augmente. Il croit aussi s'enrichir alors que, au contraire, il s'appauvrit et appauvrit du même coup tout le continent de Kor.

Perplexe, Myra regarde l'enchevêtrement d'objets et demande :

– Où trouver l'oiseau dans tout ce bric-à-brac ?

Les deux jeunes gens observent un long moment le fouillis devant eux. La pièce ressemble plus à la cour d'un ferrailleur de la vallée qu'au coffre aux trésors d'un prince.

Soudain, Myra a une idée.

– Je vais l'appeler, confie-t-elle à Arno.

La jeune magicienne tend sa canne en direction du tas de ferraille et de débris qui les empêche d'avancer plus avant dans la pièce. Elle s'adresse ensuite à l'oiseau de Saïk :

– Viens, oiseau. Rentrons à Tyr !

Au même moment, une explosion se produit au centre de la salle où s'empilent les plus incroyables rebuts. Sous la force de l'impact, les morceaux de métal, de verre et de faïence sont projetés de tous les côtés, mais sans atteindre la magicienne et son frère.

Le cœur débordant de joie, Myra voit alors surgir, flamboyant et de nouveau vivant, le magnifique oiseau de Saïk. Resplendissant de couleurs vives et d'or, le grand oiseau lance un cri rauque qui ressemble à une exclamation de triomphe et vient aussitôt se percher sur le bras que lui tend l'enchanteresse.

À cet instant précis, la porte de la tour ouest s'ouvre avec fracas dans le dos du frère et de la sœur, qui se retournent dans un même mouvement.

– Ritter ! s'écrie Myra qui a tout de suite reconnu le prince.

Chevauchant son cheval noir, celui-ci a surgi dans la tour et menace à présent les deux jeunes gens de son épée.

– L'oiseau m'appartient ! hurle le chevalier.

– Faux ! réplique Myra.

Sans broncher, la magicienne et son frère font face au Prince oublié.

– C'est vous, Ritter, qui avez volé l'oiseau au peuple de Terre-Basse ! dit Myra. Je suis la gardienne de l'oiseau et je suis venue le reprendre.

– Ah ! ah ! se moque le chevalier. Tu ne reprendras rien du tout ! Toi et ton incapable de frère êtes pour toujours mes prisonniers !

– C'est ce que nous allons voir ! lance Myra sans se laisser démonter. Nous partons et nous amenons avec nous l'oiseau de Saïk.

Quand le Prince oublié entend ces paroles, son visage s'assombrit.

– Vous osez vous opposer à moi ! gronde-t-il. Vos insignifiantes personnes ne peuvent rien contre moi. Ici, à Ambal, mon pouvoir est sans limites !

La jeune magicienne observe le prince d'Ambal qui l'avait tant effrayée en ce jour funeste où, pour la première fois, il lui était apparu dans le ciel au-dessus du port de La Marande. Il lui avait alors paru terrifiant, se dressant de toute sa hauteur sur son gigantesque destrier, dont les naseaux crachaient un feu d'enfer. Curieusement, en cet instant, ni Ritter ni son cheval ne lui font peur.

– Vous ne pourrez nous empêcher de partir, Ritter, s'entend-elle affirmer au Prince oublié.

Menaçant son adversaire de sa canne magique, Myra lui ordonne:

– Reculez, prince maudit! Sinon il vous en cuira!

Seul le rire sardonique de Ritter répond à l'injonction de la magicienne.

– Ah! ah! fait le seigneur d'Ambal.

Myra le voit alors qui s'avance, menaçant, dans sa direction. Il lève son épée, puis amorce un geste comme s'il allait couper la tête des deux jeunes du tranchant de son arme. Cependant, il arrête soudain son geste et demeure ainsi, comme pétrifié. Ses yeux couleur d'une nuit sans lune fixent un point situé derrière les deux jeunes gens et expriment à la fois la stupeur et l'incompréhension.

Intrigués, Myra et son frère se retournent aussitôt pour découvrir, eux aussi avec le plus grand étonnement, qu'ils ne sont pas seuls à faire face au Prince oublié.

En effet, derrière eux sont apparues les figures lumineuses de Xuda, du roi et de la reine de Qan. La vieille magicienne se tient à la tête d'une véritable armée, celle des magiciennes du clan des Xu qui, depuis la nuit des temps, ont la charge de protéger l'oiseau de Saïk. Quant au roi de Qan et à la reine Malla, sa femme, ils conduisent eux aussi une armée tout aussi redoutable : celle des souverains qui les ont précédés et qui se sont succédé, depuis que le monde est monde, sur le trône du royaume de Qan, ami et allié du clan des magiciennes des Xu.

Soudain, la voix grave de Xuda résonne dans la salle aux trésors :

– Tu as perdu, Ritter !

Myra se tourne de nouveau vers le Prince oublié. Stupéfaite, elle constate qu'il a rapetissé !

Les membres des deux lignées amies, celle des magiciennes du clan des Xu et celle des souverains de Qan, entourent à présent les deux jeunes gens.

– Tu vois, dit Xuda à son élève, tu es loin d'être seule comme tu le croyais.

Le roi de Qan renchérit :

– Contrairement à ce que tu pensais, ma fille, tu appartiens, par le sang et par l'esprit, à deux puissantes lignées, lesquelles combattent, depuis toujours, le Prince oublié.

– Tu en es l'héritière, conclut la reine Malla.

Émue, la jeune magicienne jette de nouveau un regard au Prince oublié, qui a, cette fois, pratiquement disparu. Celui-ci n'a plus, à présent, que la taille d'un mulot. Sans demander son reste, il s'enfuit alors sur le dos de son cheval, lui aussi minuscule, pour disparaître dans le dédale des geôles du château d'Ambal.

– Mes chers enfants ! dit la reine Malla aux deux jeunes gens. Je suis si heureuse de vous voir réunis. J'aimerais tant pouvoir vous serrer dans mes bras.

Mais, hormis Xuda, les ancêtres des deux clans sont devenus immatériels, des êtres de lumière dont la figure scintille autour de Myra et de son frère, le prince Arno. La jeune magicienne, les larmes aux yeux, répond :

– Père, mère ! Je suis si heureuse de vous voir ! Peu m'importe que vous soyez ou non de chair et de sang puisque je sais, à présent, que vous êtes près de moi.

– Oui, affirme Arno, c'est bon de vous savoir avec nous pour toujours !

– Tu as raison, mon fils, dit le roi de Qan. Maintenant que tu as recouvré la liberté, tu vas pouvoir prendre la place qui est la tienne, sur le trône de Qan que tes ancêtres ont toujours occupé.

– Quant à toi, Myra, ajoute Xuda, tu vas retourner à La Marande avec l'oiseau de Saïk. Jonas et Touchette t'attendent à l'auberge du Sanglier bleu où ils sont prêts à vous accueillir. Ensuite, tu pourras regagner l'abri de la forêt enchantée de Tyr.

Au souvenir des deux aubergistes qui l'ont aidée et soutenue, le cœur de Myra s'emplit de joie.

– J'ai tellement hâte de revoir Jonas et Touchette, dit-elle.

– Hum…, fait Xuda. Tu les trouveras un peu vieillis…

– Que veux-tu dire ? demande Myra, inquiète.

– C'est que quatre-vingts ans ont passé, à Terre-Basse, depuis ton départ. Le temps, là-bas, n'est pas le même qu'ici. Toi, tu n'auras pas pris une ride.

Myra comprend alors comment Xuda a pu vivre aussi longtemps et pourquoi Touchette lui avait mentionné qu'elle et Jonas, en tant qu'initiés, vieillissaient moins vite que les autres habitants, mais plus vite, cependant, que les magiciennes du clan des Xu.

– Ne fais pas trop voir à Touchette combien elle a vieilli, lui recommande Xuda. Cela la vexerait.

– Il est temps pour nous de vous quitter, annonce le roi de Qan.

– Grâce à vous, mes enfants, ajoute la reine Malla, le clan des Xu et le royaume de Qan sont de nouveau réunis. Vous travaillerez main dans la main pour faire régner la paix et la prospérité dans les deux contrées amies.

– Ritter a oublié une chose importante, affirme Xuda l'Ancienne. Il peut voler tous les trésors du continent de Kor, mais l'amour et l'amitié sont deux trésors dont nul ne peut s'emparer.

– L'amitié entre le clan des Xu et le royaume de Qan est indéfectible, rappelle la reine Malla. À vous, mes enfants, de la perpétuer.

FIN